新华经典
散文文库

刘心武经典散文

一切都还来得及

刘心武

著

北京联合出版公司
Beijing United Publishing Co.,Ltd.

图书在版编目（CIP）数据

一切都还来得及：刘心武经典散文 / 刘心武著. --
北京：北京联合出版公司，2019.9（2022.9重印）
（新华经典散文文库）
ISBN 978-7-5596-3381-1

Ⅰ. ①一… Ⅱ. ①刘… Ⅲ. ①散文集－中国－当代
Ⅳ. ①I267

中国版本图书馆CIP数据核字(2019)第129070号

一切都还来得及：刘心武经典散文

作　　者：刘心武
出版统筹：新华先锋
责任编辑：龚　将　夏应鹏
策划编辑：刘　钊　许　泠
封面设计：吴黛君
版式设计：徐　倩

北京联合出版公司出版
（北京市西城区德外大街83号楼9层　　100088）
涿州汇美亿浓印刷有限公司印刷　新华书店经销
字数130千字　620毫米×889毫米　1/16　17印张
2019年9月第1版　2022年9月第2次印刷
ISBN 978-7-5596-3381-1
定价：59.00元

那绿，是一种非同一般的绿，倘若非要对之命名，只能称作怒绿！

《怒绿》

繁华落尽，心乡何处？也许，唯有苍莽大地，
才能给现代人焦虑过多的心灵提供一种难得的慰藉。

《亲近苍莽》

岁移小鬼成翁叟，人在胡同第几槐？

《人在胡同第几槐》

青春不怀旧!
前面还有漫漫长路的青年朋友们,
唱着豪迈的歌开步走吧,且不忙回头眷念!

《青春不怀旧》

不要喟叹人生旅程中遭遇冬旱，
快，快在自己心房里下一场滋润生命的瑞雪吧！

《给心房下一场雪》

其实正是冰心教会了我，在这个世道里，
坚决捍卫自我尊严该是多么重要！

《冰心·母亲·红豆》

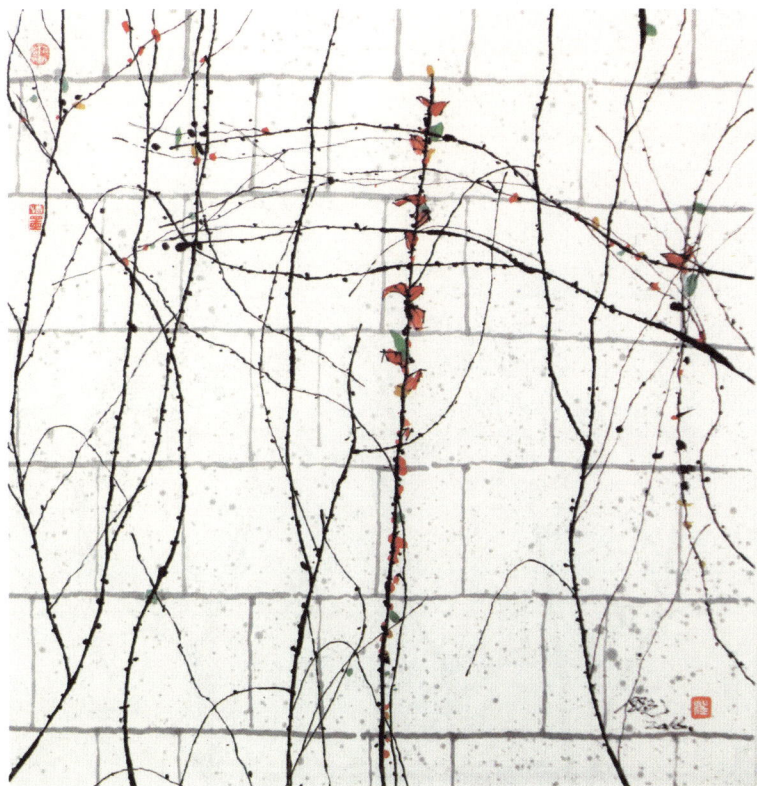

对于"命"即那些先天的、
非我们抉择而在我们生命一开始便形成的因素，
我们应当心平气和。

《献给命运的紫罗兰》

我们常常过分向往于名川大山，
而忘记了品味家门前的风景。

《生活赐予的白丁香》

目 录
Contents

1

第五辑 ＼ 献给命运的紫罗兰

第一辑
亲近苍莽

春　冰

　　春水中，浮动着春冰。

　　整个水面结成冰板，在我看来，犹如本是清亮的眸子，却盖上了浊翳。但那是严冬的癖好，唯有大雪降临时，冰面覆雪，那硬冷的面目，改变为柔和的韵律，才稍慰心臆；不过融雪的日子里，冰面往往又变得坑洼不平，雪消冰在，色灰颜粗，望去更令人心里发堵。

　　冰化水活春消息。但初春的漾漾绿水中，往往浮着些残冰。那些小块的、形状不等的残冰，犹如少女脸上的雀斑，在我看来，实在是焕发着比春水还要浓郁的春氲。

　　春水中的春冰，边缘往往是薄而透明的，给人一种婴儿小舌的稚嫩感，仿佛在舔着春水，享受着母怀般的温暖呵护。

　　水汽是水的缕缕精魂吗？那么，冰是什么？是水的冬眠、水的沉思、水的诡谲，还是水的愚钝？但春水中的春冰，却超乎氤氲水汽、溶溶水流和板结冷冰。它是水的诗吗?那么玲珑剔透;是水的仙子吗?那么晶莹秀美;是水的梦境吗?它难以持久,在消失后能留下那么多朦胧的倩影,令人回味,惆怅而又欣悦,百感交集而又心皈淳朴。

常常地,徘徊在初春的水边,伫立在春池侧畔,凝视那浮动的残冰。那些小块的春冰,甚至当着你的面,缓缓地,其实又是刻不容缓地,从边缘到当心,融化到春水里。那景象,昭示着什么?象征着什么?预告着什么?警策着什么?全凭你当时的心境、你的想象力、你的理念、你的意识潜流,以及难以解释清楚的种种微妙因素了。

我爱春冰。这是短暂的爱情。

有时,忽然一夜春风来,第二天,所有冰面都已彻底开化,弯动的倒影中,寻觅不到春冰。春天一步到位,春水一汪爽亮。我的春冰姑娘啊,你在哪里?你不曾诞生吗?你只是往春在我心中勾出的一个幻影?只是明春预支给我的一个企盼?我失恋了,踽踽彳亍在没有春冰的春水边,不会非常痛苦,却一定非常忧郁。

我的人生已经历了很多的四季变幻,时空的、生理的、心理的、情感的、非理性的、神秘的、无可言说的。在每一次"冬""春"的转换中,我渐渐变得敏感,却又愈加平静,细琐精腻,却又全凭直觉,我盼冰面融化,我欲春水溶漾,却又不愿没有一种必要的过渡。过渡之美,往往大于此岸和彼岸的风光。"冬""春"的过渡,其美便在于春水中,一度浮动着春冰,仿佛一杯散发着丝丝芳馥的威士忌中,有些个莹洁的冰块,便更令人陶醉、销魂。

春冰如禅。

我居然试图用文字，来传达心灵深处对春冰的一份情愫、一种憬悟，这是我的情不自禁——更是我的不自量力。

然而，读我文字者，盼你我会心，尽在不言中。

1995 年绿叶居窗外，护城河中春冰浮动时

怒　绿

那绿令我震惊。

那是护城河边一株人腿般粗的国槐，因为开往附近建筑工地的一辆吊车行驶不当，将其从分杈处撞断，我每天散步总要经过它身边，它被撞是在冬末，我恰巧远远目睹了那惊心动魄的一幕。那一天很冷，我走拢时，看见从那被撞断处渗出的汁液，泪水一般，但没等往下流淌，便冻结在树皮上，令我心悸气闷。我想它一定活不成了。但绿化队后来并没有挖走它的残株。开春后，周围的树都再度先后放绿，它仍默然枯立。谁知暮春的一天，我忽然发现，它竟从那残株上，蹿出了几根绿枝，令人惊喜。过几天再去看望，呀，它蹿出了更多的新枝，那些新枝和下面的株桩在比例上很不协调，似乎等不及慢慢舒展，所以奋力上扬，细细的、挺挺的，尖端恨不能穿云摩天，两边滋出柔嫩的羽状叶片……到初夏，它的顶枝所达到的高度，几与头年丰茂的树冠齐平，我围绕着它望来望去，只觉得心灵在充电。

这当然并非多么稀罕的景象。记得三十多年前，一场大雷雨过后，把什刹海湖畔的一株古柳劈掉了一半，但它那残存的一半，抖擞着绿枝，继续它的生命拼搏，曾给住在附近的大苦闷中的我以极大的激励，成为支撑我度过那些难以认知的荒谬岁月的精神滋养之一。后来我曾反复以水彩和油画形式来刻画那半株古柳的英姿，可惜我画技不佳，只能徒现其外表而难传达其神髓。进入改革开放时期，我曾在大型的美术展览会上，看到过取材类似的绘画。再后来有机会到国外的各种美术馆参观，发现从古至今，不同民族的艺术家，以各种风格，都曾创作过断株蹿新枝新芽的作品。这令我坚信，尽管各民族、各宗教、各文化之间存在着若干难以共约的观念，但整个人类在某些最基本的情感、思考与诉求上，是心心相通的。

最近常亲近丰子恺的漫画，其中有一幅作于1938年的，题有四句诗的素墨画："大树被斩伐，生机并不绝，春来怒抽条，气象何蓬勃。"这画尺寸极小，所用材料极简单，构图更不复杂，却是我看过的那么多同类题材中，最有神韵、最令我浮想联翩的一幅。是啊，不管是狂风暴雨那样的天灾，还是吊车撞击那类人祸，受到重创的残株却"春来怒抽条"，再现蓬勃的气象，宣谕超越邪恶灾难的善美生命那不可轻易战胜的内在力量。丰子恺那诗中的"怒"字，以及他那墨绘枝条中所体现出的"怒"感，都仿佛画龙点睛，使我原本已经相当丰厚的思绪，倏地提升到了一个新的高度。

今天散步时，再去瞻仰护城河边那株奋力复苏的槐树，我的眼睛一亮，除了它原有的那些打动我的因素，我发现它那些新枝新叶的绿色，仿佛是些可以独立提炼出来的存在，那绿，是一种非同一般的绿，倘若非要对之命名，只能称作怒绿！是的，怒绿！

那绿令我景仰。

野薄荷

佛寺旁院，是旅店最幽静的部分。团体包房，喜欢在寺外阳坡的新楼里；一般散客，也多嫌古老僧舍改造的客房有潮气。我却觉得那古院巨松、瓦房游廊别具魅力，选择了其中一间东厢房，住进去整理书稿。除了周末，那院里住客寥落，有时候就只有我一位。

院里不仅有三株冲天油松，正房前的两棵西府海棠枝叶垂地，令人联想到古代的青庐——初秋当然无花可赏，但点缀着玉黄色小果的茂密绿叶，风姿不让春葩。南墙两侧则是几丛翠竹。南墙外还有个套院，小小石桥跨过小小眼镜湖，湖里睡莲开紫花，有小小的锦鲤在绿波下摆尾游弋。湖边有多种树木，最显眼的是高高的柿树，结出的柿子太多，啪嗒，会眼见着金黄的柿子落地，我认为是树枝不耐负重故意抖落。

摆弄电脑里文稿累了，到院里散步，是最惬意的时光。翘起大尾巴的黑松鼠像表演杂技，瞬间就从油松枝上游梭到竹丛，又跃向另一株油松高处，速度赛过刘翔。总有野鸽子咕咕叫，觉得就在身边，但寻觅其身影洵非易事，倒是黑白花和灰蓝色的喜鹊极其大方，时时在身边低飞，还喳喳不停，仿佛在讥笑我是"抠门儿大仙"，居然不给他们准备零食，我也曾抛撒些面包屑，它们根本不感兴趣，可我又哪里能给他们找到比院里自然存在的虫子更香的东西呢？

住到第三天，一大觉醒来，忽然窗外人声刺耳——说不上是喧哗，实在令人怪讶。且不洗漱，出门观望，大惑不解——七八个师傅在蹲着铲地皮。那院子铺敷了"十"字形带花边的石砌通道，通道切割出的有树木竹丛的地面，原来生长着自然地衣，大体是蛇莓和野薄荷，望去如茵，嗅有淡香，铲掉它们作甚？干活的师傅们外地口音，边干活边聊他们的家常，领工的是本地人，沏瓶热茶坐在石桌边的石墩上，耐心地跟我解释，说是旅店新的规划，树下绿地一律要改成统一的冬不枯草皮。

地表绿化也非要公式化吗？那新楼外面的绿地铺冬不枯草皮，与不锈钢的抽象派雕塑倒是般配，这幽僻古院，就任蛇莓、野薄荷春绿冬枯有何不可呢？我正喟叹间，师傅们铲下的植物已经堆成一垛，而运进来的以工业化方式批量生产的草皮，也一卷卷地堆成了垛，他们是流水作业，这边铲那边铺，里外院的绿地改造，一天就完工了。

我从未及运走当作垃圾扔掉的杂草里，挑出了几茎还颇完好的野薄荷，布满细茸毛的多齿叶片，还有茎端那爆裂为无数鳞片的淡蓝泛粉的小小柱形花，仿佛都在微微喘息。我从卫生间取出一只本来为住客漱口准备的玻璃杯，插上那野薄荷，搁在了电脑边。

又过了两天，敲着电脑，一瞥之中，忽然奇怪，那野薄荷怎么竟不枯萎呢？细观察，发现眼前的已经不是那天拾来的——恍然大悟，敢情是收拾客房的服务员代为插入的！

旅店客房大体实行背靠背服务，一般都是我出院去新楼餐厅吃饭时，回来屋子就清理好了。那天我故意回来得早些，于是遇上了服务员。其实初入住也见过，交谈过几句，知道这小院是两个人轮值，白天是女服务员，晚上是男服务员。我问还没清理完房间的女服务员："野薄荷是您每天为我换的吗？"她点头。又问："院里的都铲掉了呀，您从哪儿采来的呢？"她答："外院墙角太湖石边还有不少，他们网开一面。"我跟她道谢，这才看清她的面貌，眼睛细长，牙齿不齐，难称美丽，但嘴角的微笑很真诚。我跟她说："我是不赞成铲掉自然地衣的。何必全弄成一个样子呢？"她就说："是呀。有差别才有意思啊！"顺便指指给我换上的两个外表一样的热水瓶："这个到明天早上还热，那个到晚上就温了，它们性格不同，您要热要温，可以区别对待。"不多的话语，令我对她刮目相看。

她每天为我电脑旁的玻璃杯里换野薄荷——这应该算一项额外的服务，我觉得她似乎知道我是谁，但她绝不问我什么。我呢，心里泛起许多揣测：她也许具有大学本科学历，却偏选择了这样一个工作，甚或是为了忘却什么重塑什么，但我也坚持绝不向她打探。

预定住一个月，到二十天的时候因故撤离，退房前我去她所在的那间悬挂着"服务台"牌子的屋里，想跟她一总地道个谢，她不在，我却惊讶地发现，柜台上扣放着一本显然是她抽空就读几页的书——普鲁斯特的《追忆似水年华》。

回到家里，打开电脑，有股野薄荷的气息，刷新着我的思维。

只结一颗樱桃

去年在乡村书房窗外种了一棵樱桃树，今年初春开出了一些白中泛红的小花，回城多日，仲春时节去到那里，头一桩事就是看结没结出樱桃。我凑近细细检视了好一阵，才在枝腋间找到了豌豆般大的一颗青果，不禁大失所望。

虽说是"樱桃好吃树难栽"，但今年只结出一颗樱桃这个事实，还是很让我伤感。记得去年栽这棵樱桃树时，我心中一直充溢着宏大而飘忽的思绪。想到华盛顿小时候乱砍樱桃树，受到训诫后发奋建立功业，后来终于成为美国第一届总统。还有契诃夫的剧本《樱桃园》，那里面的年轻人在砍伐樱桃树的叮锵声中告别了泛着霉味的旧生活。是宋人蒋捷的句子吧：流光容易把人抛，红了樱桃，绿了芭蕉。樱桃成为春逝的标准符号。还有齐白石的画，画上是一盘鲜丽的樱桃。中国自古以女子的"樱桃小口"为美。记不清是清代谁的句子了：满巷人抛果，羊车欲去迟。那所抛的果子就是红樱桃。这里面暗喻着许多的女子在对一位潘安式的男子飞吻。还有前些年叶大鹰拍的那部电影《红樱桃》，镜头里的红樱桃又成了对一个特殊时空的情感载体。近年在国际影坛走红的一位伊朗导演还拍了一部《樱桃的滋味》，把对生死问题的哲学思考提升到了新的高度。樱桃真能引出非常丰富的联想。种下樱桃树以后我曾有过绮丽的梦，梦里有我面对满树肥硕的红樱桃搓手赞叹，以及将许多艳红的樱桃馈赠别人的镜头。

面对及眉的树上的那唯一的青樱桃，我有万念俱灰的念头从心底旋生。这是我步入老年，创造力萎缩的征兆吗？这颗青果，过些时候能膨鼓红艳地成熟吗？记得《红楼梦》里有"御园却被鸟衔出"的句子，一只小鸟通过叼走树上的一颗樱桃，即可减却皇家花园的春色，许多的小鸟都来衔果，则可以终结整个园林的生命力。我该如何守护这树上唯一的樱桃呢？倘若有一只鸟来把它衔走，那么，我今年岂不是粒果无收？

因为我的樱桃树只结了一颗樱桃，心烦意乱的我不能在书房里平静地读书写作，我走出村子，穿过田野，走了老远，最后不知怎么地走到了一个新开发的小区的边上，那里有个超市，我曾骑车去那里买过日用品。因为并不想买什么东西，那天我没进超市里面，只是在它周围漫无目的地踱来踱去。于是我发现超市一侧新设立了三个颜色不同的并列的新垃圾桶。忽然有招呼我的声音，定睛一看，是平时在温榆河边散步时常碰见的离休干部老乔。我们互问："您到这儿做什么？"我忍不住就抢着把自己因为树上只结了一颗樱桃而沮丧的事情说了。这时来了个扔垃圾的中年男子，老乔迎上去，蔼然地指导那人按分类规则往桶里扔，那人并不领情，嫌老乔多事，老乔也不生气，还是耐心地跟他讲垃圾分类的意义；后来又有两位妇女来，她们问为什么废电池还要另扔一处，老乔就跟她们讲明道理。等没人来扔垃圾了，老乔对我说："能结一颗樱桃，那很好呀！我原来也是满腔的雄心壮志，恨不能拼力做下一万件事，而且都是大事，而且还希望毕其功于一役……现在我却觉得，无妨从最小的事情做起，而且要非常耐心地去做，也不指望一做就有终极性的效果。我就好比是只结一颗樱桃的老树，今年我给自己定下的目标，就是这么一个：在小区里义务为垃圾分类回收做宣传监督工作。如果到今年年底，小区的垃圾分类回收能够坚持下来，而且养成分类抛扔习惯的人数有所增多，那我的这颗樱桃就算红熟甜美了啊……"我正沉吟，老乔拍拍我肩膀说："干吗那么满脸愁云？你那樱桃树还年轻，只要你好好养护，樱桃只会是一年比一年结得多呀！"

返回书房的路上，我脸上的愁云一定在迅疾地消散，我感觉到春阳泻落到了心湖，思绪的波纹玫瑰开绽般漾动。我走到自己的樱桃树前，弯下腰细看那颗还是青色的小果子，琢磨着，我该怎样从浮躁中警醒过来，从小事做起，为自己所置身的社区，哪怕只是兢兢业业地结出一颗红润鲜丽的樱桃来……

长吻蜂

去年，我远郊书房温榆斋的小院里那株樱桃树只结出一颗樱桃。村友告诉我，树龄短、开花少，加上授粉的蜜蜂没怎么光顾，是结不出更多樱桃的原因。今年，樱桃树已经三岁，入春，几根枝条上开满白色小花，同时能开出花的，只有迎春和玉兰，像丁香、榆叶梅什么的还都只是骨朵，日本樱花则连骨朵也含含混混的，因此，樱桃树的小白花灿烂绽放，确实构成一首风格独异的颂春小诗。今年，它能多结出樱桃吗？纵然花多，却无蜂来，也是枉然。

清明刚过，我给花畦松过土，播下些波斯菊、紫凤仙的种子，在晴阳下伸伸腰，不禁又去细望樱桃花，啊，我欣喜地发现，有一只蜂飞了过来，亲近我的樱桃花。那不是蜜蜂，它很肥大，褐色的身体毛茸茸的，双翼振动频率很高，但振幅很小，不仔细观察，甚至会觉得它那双翼只不过是平张开了而已。它有一根非常长的须吻，大约长于它的身体两倍，那须吻开头一段与它身体在一条直线上，但后一段却呈折角斜下去，吻尖直插花心。显然，它是在用那吻尖吮吸花粉或花蜜，就像我们人类用吸管吮吸饮料或酸奶一样。并非蜜蜂的这只大蜂，也能起到授粉作用，使我的樱桃树结果吗？我自己像影视定格画面里的人物，凝神注视它，它却仿佛影视摇拍画面里舞动的角色，吮吸完这朵花，再移动、定位，去吮吸另一朵花，也并不按我们人类习惯的那种上下左右的次序来做这件事，它一会儿吸这根枝条上的，一会儿吸那根枝条上的，忽高忽低，忽左忽右，或邻近移位，或兜个圈移得颇远，但我摄神细察，发现它每次所光临的绝对是一朵新花，而且，它似乎是发愿要把这株樱桃树上每朵花都吮吸一番！

手持花铲呆立在樱桃树前的我，为一只大蜂而深深感动。当时我就给它命名为长吻蜂。事后我查了《辞海》生物分册，不得要领，那上面似乎没有录入我所看到的这个品种，于是，我在记忆里，更以长吻蜂这符码来嵌定那个可爱的生命。于我来说，它的意义在生物学知识以外，它给予我的是关于生命的禅悟。

我是一个渺小的存在。温榆斋里不可能产生文豪经典。但当我在电脑上敲着这些文字时，我仿佛又置身在清明刚过的那个下午，春阳那么艳丽，樱桃花那么烂漫，那只长吻蜂那么认真地逐朵吮吸花心的粉蜜，它在利己，却又在利他——是的，它确实起到了授粉的作用，前几天我离开温榆斋小院回城时，发现樱桃树上已经至少膨出了二十几粒青豆般的幼果——生命单纯，然而美丽，活着真好，尤其是能与自己以外的一切美好的东西相亲相爱，融为一体！常有人问我为何写作，其实，最根本的一点是：我喜欢。若问那长吻蜂为什么非要来吮吸樱桃树的花粉花蜜？我想最根本的一条恐怕也是"我喜欢"三个字。生命能沉浸在自己喜欢、利己也利他的境界里，朴实洒脱，也就是幸运，也就是幸福。

我在电话里把长吻蜂的事讲给一位朋友，他夸我心细如丝，但提醒我其实在清明前后，"非典"阴影已经笼罩北京，人们现在心上都坠着一根绳，绳上拴着冠状病毒形成的沉重忧虑。我告诉他，唯其如此，我才更要从长吻蜂身上获取更多的启示。以宇宙之大、万物之繁衡量，长吻蜂之微不足道，自不待言，它的天敌，大的小的，有形的无形的，想必也多，但仅那天它来吮吸樱桃花粉蜜的一派从容淡定，已体现出生命的尊严与存活发展的勇气，至少于我，已成为临"非典"而不乱的精神滋养之一。莫道生命高贵却也脆弱，对生命的热爱要体现在与威胁生命的任何因素——大到触目惊心的邪恶，小到肉眼根本看不见的冠状病毒——的不懈抗争中。我注意居室通风，每日适度消毒，减少外出，归来用流动水细细洗手……但我还有更独特的抗"非典"方式，那就是用心灵的长吻，不时从平凡而微小的事物中吮吸生命的自信与勇气。

窗外一株银杏树

那一年秋天，因为航班晚点，入夜才抵达外省的一个宾馆，非常疲惫，倒头便睡。黑甜一觉醒来，睁开双眼，只觉得满眼金光，原来，窗外一株银杏树，那枝丫上满缀着折扇形的秋叶，被晨光一透，闪烁出那样令人迷醉的光泽。

我倚窗欣赏那银杏树，进来招呼我的同伴却对我说："啊，那是个单身汉啊——也许，是个单身女士，反正，是单身……"

在乔木里，银杏树确实挺特殊，它们雌雄异体，是乔木中的"单身族"。

北京是个有着很多银杏树的古城。有些银杏树上千年了，比如五塔寺里那金刚宝座塔前面，一东一西，两株古银杏都有四五个人张臂才能合围那么粗，十多层楼房那么高，到了秋天，仿佛两柄顶天立地的巨伞金帐，好有气派！那两株树一雄一雌，既独立又交欢，深秋时结出累累果实——银杏，俗称白果。风吹过，熟透的白果噼噼啪啪落在地上，往往形成好大一片。白果有毒，生食极其危险，炒熟或煮软了毒性大减可以吃，但仍有微毒，绝不可多食。

古时候种银杏树，似乎尽量地一雄一雌搭配着种，体现着一种传统的伦理观念。现在银杏树常被选为绿地中的观赏树或街道边的行道树——例如北京那可与日本东京银座媲美的王府井步行街，堂皇富丽的商业建筑群前，就等距地栽种着银杏树——但现在的栽种方式，却是有意地使其在一处场所里单性化，要么全是雄树，要么全是雌树，这从功能性上说，是为了避免秋天结果后落果会增加清扫地面的难度，也避免那有毒的果实被不懂事而又贪口的路人捡食后出问题。此外，我总觉得，这也多少体现出了现代社会比较开明的伦理观念——为什么非得雌雄配对？为什么不可以单身到底？

单身，依我的理解，有两种模式。一种，是谢绝性爱，不仅不找对象不考虑结婚，也不找异性或同性的伴侣同居，却可能比较看重亲情和友情，他或她可能会同父母长期居住在一起，会与从小学、中学一直到大学的不少同窗保持较热络的联系，而且往往会和同代人中的若干对夫妻成为很亲密的朋友，成为人家爱巢中经常性的座上客；这样的单身人士除了无性爱不结婚以外，其生活方式其实并不怎么单身，甚至于，他们在情感上依赖亲友的程度比许多结了婚的人还高，即使一个人独处一室，也很喜欢"煲电话粥"，倘若有一段时间里不能得到亲友的招待，他们便会怏怏不乐，性格上接近未成年的大孩子，心地多半善良而单纯，容易得到满足，即使心情不好，也不会有什么出格的表现。另一种呢，有性爱，却不打算结婚，也不打算跟异性或同性的朋友建立同居关系，他或她绝对不愿与哪怕是最友善的亲友同住一处，他们单身的标志必得是拥有个人的私密空间——无论是分配来的，还是借来的、租来的、买来的——而购买一处完全属于自己、不对外人轻易开放的私密空间，是他们在人生物质追求中列为首位的头等要事；他们的社交活动一般都约在餐厅、茶寮等公共空间里进行，那样的活动或许会很多，但他们最感觉愉快的还是在个人私密空间里独处时的那一份难以言喻的感觉——他们在自己那私密空间里究竟做些什么？也未必是所谓"见不得人的事"，可能是听音乐，看光盘，上因特网漫游，翻阅报章杂志，品味经典名著，写日记，画架上画，拍摄自己的"行为艺术"，创作不一定拿出去发表的诗歌、小说，制作小玩意儿，摩挲收藏物，乃至于只是凝望着天花板上闪烁的光影，沉思冥想。

对上述两种单身人士，我都能理解。我尊重他们的人生选择。其实，像我这样不仅结了婚，而且目前是"上有老，下有小"，三代同居的典型的非单身人士，有时也需要一个人静处一室，不希望哪怕是最亲近的人来打搅，获得一种"我是我自己，我有自己的空间、时间与自由的心灵"那样的尊严与快感。

又想起了那回倚窗欣赏摇曳着金光的银杏树的情景。每一种树都有其独特的生命之美，包括一贯单身的银杏树……

芍药盈筐满市香

　　难忘那些美好的日子。杂院里有位大姐在小厨房里操持晚饭，不断地吟唱着当时极为流行的《乡恋》，隔院不知哪家在用四个喇叭的录音机放送着《潜海姑娘》，那电子琴的蛙音随风飘来，我在自己的小屋里收拾东西，心想就要迁往的新楼单元，该不会再一家之音大家皆听、一家烧鱼各家皆闻吧。

　　忽然窗外有人唤我，是住在不远的什刹海湖畔的张叔，忙迎出去。他听说我就要搬离北边杂院，往南边去住单元楼了，特来送行。他手里提了个藤筐，筐里是满满的芍药花。我见了大吃一惊："这不是把您那屋前花池里的花儿，全剪给我了吗？"他笑："可不是！早告诉过你，当年有人去糟害我那池芍药，手拔脚踹，还拿开水泼根！可是也怪，那宿根竟然不死，隔年又冒嫩芽，也不敢让它长起来呀，十来年里，总是悄悄拿土给封上，以为它再也开不出花来了，没想到，这两年它冒出来，也没怎么施肥拾掇，嘿，它就猛开大花！这不，今年又这么灿烂！"我接过满筐芍药，感动得不行："真是的，您把芍药全给了我，难道不心疼吗？"他笑："今年的花剪了，明年开得更旺呀！"又说："咱们爷儿俩，七八年的交情了，前六年，还不敢大摇大摆地来往，这两年不才能在什刹海边大说大笑的吗？你搞文学的，你该懂得白居易那诗吧？'离离原上草'，吟的是什么？今儿个我给你个别解吧，离草，说的就是这芍药，我给你送芍药，就是跟你来惜别呀！"我还真觉得新鲜："白居易那诗，吟的不是野草，竟是芍药？"他笑解："可不是！芍药在几千年前，就出现在中华大地上了，有特别栽种的，也有自然野生的，它是宿根植物，可不是'一岁一枯荣'嘛，当然'野火烧不尽，春风吹又生'，而且繁殖起来，势不可当，为什么说'远芳侵古道'？一般野草有什么芳香？只有大片的芍药才会香满古道城郭嘛！那诗怎么收尾的？'又送王孙去，萋萋满别情'，离草嘛，送别的时候引出诗情的植物，就是芍药嘛！"他说的时候，一直望着我的眼睛，最后问："你这一去，还会常回这边来吗？"我别过头，望着那搁在小桌上的满筐芍药，一瞬间，觉得包括那邻里间声音气息的强制性共享，竟也难舍难分。

迁走以后，其实遇上原来邻里的机会还是不少。那一阵社会生活刚开始多样化，热点还是很集中，比如到王府井新华书店去，排队购买恢复出版发行的西方古典文学名著，就会遇到原来胡同里的邻居，他排在前头，很幸运地买到了《欧也妮·葛朗台》，到我买时巴尔扎克的几种傅雷译本都售罄，但我买到了包括《大卫·科波菲尔》等五种书，也非常高兴。跟邻居分手道别，一问，他是要去中国美术馆看展览，特别是要看那幅硕大的油画《父亲》，而我则是看完那巨幅头像才来的新华书店。又一晚，去首都剧场，在前厅与张叔不期而遇，我们都是去观看北京人民艺术剧院复排的话剧《茶馆》，演员还是原来的阵容，看完我们在剧场外路灯下聊了一阵，都痛感"野火烧不尽，春风吹又生"乃人间正道。我说："您那对白居易《赋得古原草送别》的另解，我现在越来越服膺啦。开水泼不死真善美！我现在年年春天要供满屋的芍药花！我现在住的那地方，离丰台很近，丰台又恢复芍药花的种植啦！"

我迁往的那栋楼里，住进若干富于艺术气息的家庭，跟其中石大爷石大妈一家，有了来往。他们的儿子儿媳妇，跟我大体是同龄人，都是京剧演员，恢复传统剧目以后，儿子忙于《大闹天宫》，儿媳忙于《虹桥赠珠》，我跟他们接触的机会并不多，石大爷寡言，我去串门，主要是跟石大妈聊天。石大妈的祖父富察敦崇，著有《燕京岁时记》，1983 年我第一次去法国，在巴黎塞纳河畔的书摊上，看到过很早就翻译成法文的版本，因为书上有中国原版书影，所以知道是什么书。石大妈深受书香门第熏陶，对北京风俗掌故，随口道来，都令我觉得口齿噙香。说到芍药花，石大妈能背诵出不少相关的竹枝词，比如："燕京五月好风光，芍药盈筐满市香；试解杖头分数朵，宣窑瓶插砚池旁。""天坛游去板车牵，岳庙归来草帽偏；买得丰台红芍药，铜瓶留供小堂前。"她告诉我，以往"四月清和芍药开，千红万紫簇丰台"，更有"万顷平田芍药红"之说。虽然那时候听说丰台正努力恢复花乡的地位，但满北京城还是很难找到花店，更难在春四五月得到芍药。我在出版社当编辑的时候，一位同事黎大姐听我想年年有芍药插瓶，便笑道："我过两年退休，就开个花店，年年春天为你进芍药，你来优惠！"后来她果然开了花店。在能到花店购花、订花以前，每到仲春，我总是骑车去丰台找花农，从他们那里得到可插瓶的芍药，记得有一春返回时遇到潇潇春雨，虽然带了雨披，还是挨了淋，骑回我们那栋楼，先去石大妈家分她一些芍药，她忙递我干毛巾擦拭，又去沏糖姜水给我喝，我发现她家门扇旁挂着个纸剪的人形，她递我热腾腾的糖姜水，告诉我："那是我刚剪的扫晴娘。挂上她，祈愿别老阴天下雨。"她赞我用藤筐盛芍药是雅人雅事，我就想起《红楼梦》里的史湘云，是用鲛帕裹起许多的花瓣，构成了一个芍药裀，那才真是雅入云端啊！其实，用藤筐盛花，本是什刹海湖畔的张叔的做派啊！回到自己单元，一边用几个质地大小不同的花瓶花钵分插购来的芍药，一边责备自己：怎么就很久没有去看望张叔了呢？

那些年的生活真是"芝麻开花节节高"，各家相继安上了座机电话，虽然没有手机，但是出门带个传呼机，北京人俗称"蛐蛐机"，"蛐蛐"一叫，显示出来电方号码，找部座机回应，也觉得挺有派的。我家是安装座机比较早的，听到自己单元里有电话铃声响，不但不烦，还挺得意。那时接到的电话，多是喜讯，谁谁复出啦，谁谁改正啦。工人体育馆的诗歌朗诵会去不去？美国电影《金色池塘》电影票要不要？但是有天接到个令我悲痛的电话，是张叔家属打来的，报告我张叔仙去。我去吊唁，提去满篮的芍药花，放在他的遗照前。我没有哭，因为我知道，他晚年赶上了好日子，本属于他私产的那个小院子，又回归到他家名下，院里那池开水泼不死的芍药花，每年仲春繁花似锦。

后来我又搬了几次家。不管迁往何处，春四五月购来大筐芍药，分插在瓶钵之中，摆放在客厅茶几上、书房电脑旁、床头柜一侧、飘窗正中……当年的芍药开放后，会逐渐变成形态优美的干花，依然会氤氲出香气，有的冬日来访者，对芍药干花也发出赞美。今年初春，我照例向花店预订了一百枝芍药，进入仲春，花店按约将芍药送来，分插摆放那些芍药，用去我半天的时间，我忆念告诉我芍药别名离草的张叔，还有也已仙去的剪出扫晴娘的石大妈……我想起许多美好的人、美好的事，现在盛绽的芍药在电脑旁，以它的芳香鼓励我在键盘上敲出这篇文章。

2016 年 4 月 30 日　温榆斋

在柳树臂弯里

不止一次，村邻劝我砍掉书房外的柳树。四年前我到这温榆河附近的村庄里设置了书房，刚去时窗外一片杂草，刈草过程里，发现有一根筷子般粗、齐腰高、没什么枝叶的植物，帮忙的邻居说那是棵柳絮发出来的柳树。以前只知道"无心插柳柳成行"的话，难道不靠扦插，真能从柳絮生出柳树吗？出于好奇，我把它留了下来。没想到，第二年春天，它竟长得比人还高，而且蹿出的碧绿枝条上缀满二月春风剪出的嫩眉。那年春天我到镇上赶集，买回了一棵樱桃树苗，郑重地栽下。又查书，又向村友咨询，几乎每天都要花一定时间伺候它，到再过年开春，它迟迟不出叶，把我急煞，后来终于出叶，却又开不出花，阳光稍足，它就卷叶，更有病虫害发生，单是为它买药、喷药，就费了我大量时间和精力，直到去年，它才终于开了一串白花，后来结出了一颗樱桃，为此我还写了《只结一颗樱桃》的随笔，令它大出风头，今年它开花一片，结出的樱桃虽然小，倒也酸中带甜，分赠村友、带回城里全家品尝，又写了散文，它简直成了明星，到村中访我的客人必围绕观赏一番。但就在不经意之间，那株柳树到今年竟已高如"丈二和尚"，伸手量它腰围，快到三拃，树冠很大又并不如伞，形态憨莽，更增村邻劝我伐掉的理由。

今天临窗重读安徒生童话《柳树下的梦》，音响里放的是肖斯塔科维奇沉郁风格的弦乐四重奏，读毕望着那久被我视为赘物的柳树，樱桃等植物早已只剩枯枝，唯独它虽泛出黄色却眉目依旧，忽然感动得不行。安徒生的这篇童话讲的是两个丹麦农家的孩子，两小无猜，青梅竹马，常在老柳树下玩耍，但长大后，小伙子只是进城当了个修鞋匠人，姑娘却逐渐成为一位歌剧明星，这既说不上社会不公，那姑娘也没有恶待昔日的玩伴。小伙子鼓足勇气向姑娘表白了久埋心底的爱情，姑娘含泪说："我将永远是你的一个好妹妹——你可以相信我。不过除此以外，我什么也办不到！"这样的事情难道不是在每个民族、每个时代都频繁地发生着吗？人们到处生活，人们总是不免被时间、机遇分为"成功者"与"平庸者""失败者"，这就是命运？这就是天道？安徒生平静地叙述着，那小伙子最后在歌剧院门外，看到那成为大明星的女子被戴星章的绅士扶上华美的马车，于是他放弃了四处云游的打工生活，冒着严寒奔回家乡。路上他露宿在一棵令他想起童年岁月的大柳树下，在那柳树下他梦见了所向往的东西，但也就冻死在了那柳树的臂弯里。我反复读着叶君健译出的这个句子："这树像一个威严的老人，一个'柳树爸爸'，它把它的困累了的儿子抱进怀里。"

我也算一度"成功"吧？不过比从未成功过的人更惨痛的是，很多人的"成功"也就一度而已，"江山代有才人出"，"成功新秀"往往对"过气"的"成功者""老实地不客气"。几年前我还赴过一次"坛"上的饭局，席间一位正红紫的人士听到有人提到一位老同行，绝无恶意，很自然地说："他还写个什么呀，别写啦，别写啦！"当时我虽面不改色，心中着实一痛，真有"兔死狐悲""唇亡齿寒"的感觉。那也是后来我退出"坛"争，自甘边缘存在的缘由之一。现在面对窗外的柳树，我再一次默默地坚定自己朴素的看法，那就是在世为人也有不谋成功的自由，平庸者和失败者也一样有为人的尊严，那位被如日中天的成功者敕令"别写啦"的老同行，当然有继续写作的天赋权利，写不出巨著无妨写小品，写不出轰动畅销的，写自得其乐的零碎文字也不错，记得那天报纸副刊末条是他的一则散文诗，淡淡的情致，如积满蜡泪的残烛，令人分享到一缕东篱的菊香。

中央电视台有《艺术人生》节目，每次请的嘉宾都是名副其实的明星，其手法之一，是忽然请出明星昔日的同学、同事、邻居，大都是仍旧平庸的社会存在，他们或动情地忆及被明星坦言忘记的琐事进行颂赞，或举出明星宁愿被他人忘却的尴尬往事小作调侃，主持人则居中将社会宠儿与社会庸常以情感的链条勾连，也就使一般受众在观赏中对成功与未成功的对立状况获得心理润滑。看得出有的明星在这些久违的人物出现的瞬间，多少有些冷然，然而一般在几分钟以后，就都被激活了心底尚存的淳朴情怀，那时荧屏上的声画往往会惹人眼热鼻酸。

我会更好地伺候窗外的樱桃明星，我不会伐去那自生的陌柳，手持安徒生的童话，我目光更多地投向那株柳树，柳树的臂弯啊，这深秋的下午，你把我困累的心灵轻柔地抱住。

亲近苍莽

　　在旧金山，一位经商的朋友听我说要坐火车到丹佛去，很是吃惊，因为对于他来说，时间即金钱。从旧金山乘飞机到丹佛仅需两个小时，坐火车却需要三十二个小时：他曾在三十二小时里头，在三个国家五个城市间飞来飞去，处理了一系列商务。他说："你可真奢侈啊！"确实奢侈。因为从旧金山到丹佛，乘飞机与坐火车的票价相仿。不仅经商的朋友不坐火车，我的当教授搞写作的朋友们也都没有在美国坐火车旅行的经验。有一位甚至说："什么？现在旧金山、丹佛之间还有客运火车吗？"有的建议我坐"灰狗"长途大巴，那需要的时间虽然更长一些，票价却便宜许多。可是我坚持要坐火车。

　　一位朋友替我去买了票。AMTRAK 是美国独家经营长途客运的公司，在美国确属夕阳行业，生意清淡，靠国家补贴维持。客运火车上有三种卧铺，一种是随时可躺卧带洗脸池的双人间，一种是与其相仿的四人间，还有一种是白天可对坐，晚上可变化为上下两个床铺的双人间，朋友替我选了第三种。这回访美爱人与我同行，对我"从火车车窗看美国"的追求，持既不热心也不抵制的态度。去坐火车那天，朋友开车转了好半天，才找到火车站——这里竟看不到多少人影儿。爱人开始来了兴致："怎么会这样啊？"上了车，更是惊诧莫名：整节车厢里，只有我们一对旅客！这节车厢的列车员，听了朋友的交代，知道我们是两个基本上不懂英语的中国旅客，连连向朋友表示包在他身上。列车开动后，他便以英语单词辅以手势，告诉我们如何打开暗柜挂衣，如何在车厢尽头随意取用热咖啡和果汁白水，以及如何取用备好的冰块。又带着我们穿过另外几节车厢，把餐厅、小卖部，还有顶部和两侧都镶有大玻窗，设有旋转座椅，供旅客们随时进入饱赏车外风光的一节公用观览舱，指引给我们。爱人在国内坐火车最发愁的事是上厕所，我们那节车厢上不仅有四个洗手间随时可用，列车员还打开了淋浴间的门，表示欢迎我们随时入内洗热水澡。回到我们单间，落座在宽大的沙发椅上以后，爱人对我说："坐美国火车这主意真不错！你挣的那些个美元稿费，攒下来咱们也富不到哪儿去，这么花掉它咱们也穷不到哪儿去！"

我和爱人坐在火车里，透过车窗看美国。火车穿过加利福尼亚州的海岸山脉时，山林蓊翳，高处的绿杉下有洁净的积雪，景色不错。可是，当驶进内华达州以后，那景观就枯燥起来。山形未必奇险，原野草木稀疏，连续几个小时，竟很少变化，不禁闷然。列车员来请我们到餐厅用餐，是美式大餐，从头盆沙拉、热汤、大菜（牛排或三文鱼等），到甜点、水果，量大得实在吃不消。滋味嘛，我们能够承受，却不敢恭维。餐车里旅客们一聚，倒也一扫冷清。原来这列车上也挂了几节飞机舱式的座席，席位都有飞机上头等舱那么宽大。乘座席的多是中途上下的短程乘客，他们到餐车就餐要临时付费，我们卧铺席的都是把餐费算在车票里预付过的。放眼四望，发觉只有我们两个是东方人，周围的美国旅客大体有两个特点：年纪颇大，夫妻同行，显然都退休了；胖得出奇，触目所见，此人更比那人胖，我和爱人不禁小声议论：他们不乘飞机而坐火车，也许主要是因为飞机座位太窄，机舱空间也太狭隘吧？

头天下午，车过赌城瑞诺，看到几座高楼，其中一座呈巨球形，想必是大赌场。再开车后，我们车厢才添了三四位旅客，也都很胖。睡了一夜，夜半过了犹他州盐湖城，车厢里再添了两位客人，相比白日里算是人气旺多了，可车窗外还基本上是半沙漠状态。我和爱人不禁探讨：这些美国人难道仅仅是因为胖，因为坐火车松快，才选择了这一旅行方式吗？

后来我们到那基本透明的观览舱去，近百个座位所剩无多，我们坐下后既看车外，更看车内美国人。那些美国人的面容眼神分明汇聚成一道强光，使我们茅塞顿开。啊，他们对窗外的景色，分明是激赏；他们兴奋，他们欢欣，他们得到了企盼已久的东西，他们花不菲的票款，舍得用比乘飞机多上十倍的时间，就是为了获得那车外景色予他们的快感！

美国旅客们以无形的心光，拨亮了我们的眼睛。啊，久居都市，历尽喧嚣，也享尽花红草绿、树茂池清的甜景蜜色，现在要放眼荒原，吮吸粗犷，从大自然那严酷、狞厉的一面中，汲取阳刚，激励斗志！我想起美国诗人朗费罗所吟唱的：在这世界的辽阔战场上／

在这人生的营帐中／莫学那听人驱策的哑畜／要做一个战斗中的英雄！……那么，让我们起来干吧／对任何命运抱英雄气概／不断地进取，不断地追求／要学会劳动，学会等待……我把这些浮现于脑海的诗句背出来，爱人微微点头，我们都觉得车外那高阔的天宇、远处那赭红的石峰，从峰脚铺泻而下，由无边的砾石和稀疏的灌木丛组合而成荒原，其——苍莽雄浑之势，确实给人的心灵以一种特异的刺激……我们的文化背景、人生体验与美国人当然差异巨大，然而，在同一观览舱里，一种亲近苍莽、激扬豪情、磨砺生之意志、超越红尘浮华的情愫，在心弦上瑟瑟共鸣……

繁华落尽，心乡何处？也许，唯有苍莽大地，才能给现代人焦虑过多的心灵提供一种难得的慰藉。

1998 年 7 月 9 日　绿叶居

香槟玫瑰

沙尘天气，心理上的不快超过生理上的不适，给朱大哥打去电话，以一句"找到香槟玫瑰了吗"开头，闲聊中舒坦了许多。

朱大哥在阳台上盆养了许多品种的玫瑰。头一回应邀去他家观赏那些玫瑰，我惊叹："世上最美丽的玫瑰，莫过于此了！"这话本很夸张，朱大哥脸上却并无谦容，只是说："还差一种香槟玫瑰。"啊，我想起来，多年前报上曾有关于林青霞终于披上非戏装的婚纱的报道，娶她的美籍华裔富商邢李原从全世界花卉市场预订的香槟玫瑰，在婚礼那天纷纷空运到他们豪宅，堆满了整整一个游泳池！我说起这事，朱大哥淡然一笑："堆砌无美。我只想得到一株香槟玫瑰。一株足矣。"据朱大哥形容，香槟玫瑰的色彩极其独特，就是香槟酒那样的颜色，而且，其气味也类似香槟酒那般淡雅缥缈。有回我提了两瓶国产"小香槟"去他那里赏花，他笑告我这种酒应该叫作"仿香槟"，真正的香槟酒只产在法国东部一小部分地区，香槟本是地名，离开那块地方酿出的酒怎能充数？2000年我第三次去法国，去了属于香槟地区的兰斯，参观了该处一座历史悠久的酒厂，回来给朱大哥带去一小瓶地道的香槟酒，他非常高兴，马上就让我起出塞子，带气沫的酒液喷出来时，他快活得搓指打榧子，连说："真像香槟玫瑰开放的一瞬！"我跟他道歉："本想为您求一段香槟玫瑰的枝条，拿回来供您扦插，可是您也知道，未经检疫的外国植物是不能随便携入国境的……"他引我到那玫瑰花盛开的阳台上共品香槟酒，从漏斗形雕花高脚玻璃杯中啜着酒液，脸上的微笑正如我所想象的香槟玫瑰那般优雅，他对我说："在国内也有可能找到，过去一些西方传教士带进来过，并且早已本土化了，只是比较稀罕难找罢了。"

这天跟朱大哥电话闲聊，我说："您一直保持寻觅香槟玫瑰的情怀，这是不是又是一个这样的例子：追求的过程比追求的结果更甜美？"他笑答："这个感悟不算新鲜了。记得你写过一篇《只因缺个杈》，说有位老兄收藏了一把明代太师椅，就缺个杈儿，他寻来寻去，寻到配上了，反倒生活失去动力了……我要是寻到了香槟玫瑰，扦插活了，我的生活会更有动力、更精彩哩！"

我想到朱大哥中年丧妻退休多年，子女漂洋过海奋斗无暇只在节日致电问候，他独守空巢与玫瑰相守，却能保持如此健康的心理状态，必是心中有更深的感悟，便向他求教："现在窗外昏黄一片，历年来的不顺心事竟接二连三涌上心头，怎么才能消除这些堵心的杂碎啊？"他先问："你现在看得见太阳吗？"我说看得见，被沙尘遮蔽得失却了应有面目，他就说："你一定是不由得要去联想到许多的糟心事，甚至去进入沉重的思考，要不得！你现在再仔细观察一下，用最纯朴的眼光看，把你的直觉说出来。我这里看出去的直觉，太阳活是一只橘子，剥了皮，里头的橘瓣不知道是酸是甜？"这话把我逗笑了，我再朝窗外望，跟他说："依我看来嘛，倒更像一只柠檬，也不知切成薄片沏杯柠檬茶，味道醇不醇？"两人就在电话里笑成一片。

朱大哥和我都不是只顾个人找乐的人，今年春天，他自愿去参加了报社组织的植树活动，我写了一篇畅谈环境保护的文章，但是我们在交谈中达成了共识，就是千万不要以忧国忧民自诩，动辄在心里凝上一个沉重的疙瘩，比如面对这沙尘天气，一味地怨天尤人、闷然悻然，那就把正气也化为戾气了。人生多艰，世道多变，个体生命置身其中，调理好自己的心理、心情、心绪、心态非常重要，而手段之一，就是责任性大思考之余，常给自己一些放松性的小思考甚至暂不思考。鲁迅先生曾说过这样的意思：如果连一家人切西瓜分食的时候也必得有"列强瓜分我国，凡我同胞奋起抗战"的大思考，那么西瓜是永远无法吃的了。朱大哥的向往香槟玫瑰，与他的社会责任感无关，但作为一个有社会责任感的人，他的这一私人小情趣，却能使他成为一个更易于与他人、群体、社会乃至人类亲和的活泼生命。

香槟玫瑰，你在哪里？找到也好，找不到也好，那美酒般的芬芳，已然氤氲在朱大哥胸臆。愿我，还有更多的人，也能在对各自那"香槟玫瑰"的追求中，用朴素、本原的小乐趣，化解掉心中淤积的夸张性焦虑，以健康的心理，面对这还存在着诸多不足的世界与人生。

大角瓜

　　室内装饰，各人趣味不同。二十几年前，我很喜欢在室内摆放种种旅游带回的小摆件，意在望之可回味旅途中的美滋美味，现在回想起来，实在有些堆砌。那时一位名画家来我书房小坐，环顾后说："我拿点东西来给你摆放吧。"我听出那是对我室内装饰的含蓄批评，当然也表达出一种真诚的善意。

　　去别人家做客，有一次见主人家中满壁名家字画，主人说，平时绝不悉数挂出，甚至全部收起，只挂些非名家的一般字画以作装饰。那是懂得收藏的人士。一次在国外赴"派对"，主人是一位热爱中国文化的人士，同赴"派对"的有几位同胞，其中一位拿起那主人摆放的一具造型优美的瓷器，仔细端详后告诉我："是真货，明代青花。"还立即报出了一个行家的估价，令我对西方主人和同胞客人都非常钦慕。家中摆设，当然是一种符码，精心地摆设，则构成一个符码系统，这系统传递出的信息里，除了审美品位，当然可以还有身份与财富的显示，这很正常，我绝不能撇清高，因为自己无条件提升自己室内装饰符码的"含位量"与"含金量"，就去讥讽甚至抨击别人在室内布置上的全方位的高追求。

我爱我家，我家我做主，正所谓"关起门来当皇帝"，"守着多大的碗吃多大的饭"，"可着脑袋做帽子"。城内居所，我把它叫作"绿叶居"。经过一番重新装修后，因为心境的新状态，其面貌也有了很大的变化。我现在很少在家中待客，一般社交活动都约在外面咖啡馆或茶寮。但偶尔也会在家接待某些人士。一位熟人乍进后表示不解："你原来那些摆设都哪儿去了？怎么成了四白落地？"环顾一番之后又说："如今西方风行简约主义，你是不是又想得风气之先？"

那位熟人在我客厅里发现一只大角瓜，附身去摸以前，这样揶揄我："原来你是'弱水三千，只取一瓢饮'啊——别的摆设全收起，单拿这玩意儿骇人眼目！是什么玉料雕的？不是玉也是瑛石，这么大的个儿，价值不菲吧？"抚摩细观后叹道："真是农作物呢！把它斜放在壁挂式等离子电视机旁，相映成趣啊！"

我说："接接地气嘛。"

大约十年前，我在京郊农村置了一个书房，取名"温榆斋"。"温榆斋"附近还有农田，有湿地，不仅真有田野的气息会沁入书房，更结交了几位村友，感受到淳朴的人际温暖。村友中，最人高马大的是耿鞭儿，鞭儿自然是个绰号，他原来是村里的车把式，随着他们村的变迁，牲口拉的大车被彻底淘汰，车把式也不再成其为一种职业，耿鞭儿眼下在村旁的商品楼区改做水暖工。他前年挥泪别骡马大车的事情，好长时间都是人们的谈资。四年前还偶尔有人来请他用骡马大车拉东西，三年前就完全闲置了，他固执地养着那骡那马，没东西可拉，就自己驾着大车去村外道路上转悠，俨然是一道奇特的风景。前年有人牵线，百里外还使用骡马大车的村子里来了个跟他同龄的中年汉子，把他的骡马大车整个儿买走了，人家赶着骡马大车走的时候，据说那骡马不时回头望他，他痴痴地望着牲口大车远去，人家都拐弯没影儿了，他忽然用两根手指揩去腮上的泪珠，脖子上几根筋暴起老高，粗声高喊："你得善待！"

耿鞭儿只留下了长长的、梢上缠着红绒线的竹鞭儿，就斜挂在他家客厅的正墙上，形成一个非常夺目的装饰品。

不要以为耿鞭儿是个守旧的人。他家头几年翻盖的大房子，正房七间以大落地玻璃门窗封住阔大的前廊，里头的装修也是吊顶射灯什么的，家具也是沙发席梦思床全盘现代化，家用电器一应俱全，包括开通宽带的新款电脑——那是给孩子们置的，他的儿子去年已经考上大学，在机场地勤配餐的闺女能唱英文流行曲。但是新派的儿女绝对尊重父亲的那根赶大车的长鞭。我和耿鞭儿坐在那根鞭子下面的沙发上，聊过许多旧事新闻。

活在当下，莫忘从前。人在高楼，需接地气。耿鞭儿在我"温榆斋"里，看到过大桶的鬼姜花，知道我之所爱，于是，有一天，当我回到城里"绿叶居"，正整理书稿时，他飘然而至，汗津津的，手里拎着个好鼓的蛇皮包，他用粗壮的胳膊、扇大的手掌从里面取出一样东西，咧嘴宣称："包你喜欢！"

这就是大角瓜的来历。

村中又闻饹馇香

晚餐前，一股特殊的气息从窗缝沁入温榆斋，那是美食的味道。我抛开手中书，出门循味而去。啊，不是小吃店里飘出，也不见推车卖食的小贩……呀，分明是从潘嫂院中逸出，她家大门虚掩，我唤了声"潘嫂"以代叩门，迎着一声爽朗的"进呀"，我推门进了院子。只见潘嫂坐在马扎上，正用临时搭起的一个柴锅灶炸饹馇呢！

"刘爷爷来啦！"潘嫂的孙女菊菊从正房里跑出，懂事地招呼，"进屋坐吧！"潘嫂就笑："他才不进屋哩，我就知道他要看个究竟，还要把我问个底儿透！"菊菊也就笑："谁让您容他叫您'铅笔'啦！"潘嫂两口子都比我小个十来岁，我管他们一位称潘哥，一位称潘嫂，是随小年轻的口吻，这并不违背当地习俗，但菊菊上学以后，上完头几节英语课回来，好奇地当着我问她奶奶："刘爷爷干吗管您叫'铅笔'呀？"潘嫂明白过来英文"铅笔"的发音近似"潘嫂"，笑得仰背又捶腿，相处更熟稔以后，她摸清了我的习惯：对原先不了解的农村事儿，总愿意打破砂锅问到底。

潘嫂不待我细问，就主动说出了许多我想知道的详情。饹馇如今不算什么稀罕物，有的超市里经常摆着玻璃纸包着的成袋的饹馇卖，但那种杂豆面的饹馇，潘嫂提起来就摇头，认为"好比没潲的涩柿子，不招人待见"。潘嫂炸饹馇的方式，是祖传的，正宗的，说起来，带着一份自豪。她说饹馇应该用纯红小豆磨的面来制作。把红豆面和成糊浆，需要很高的手艺，而把糊浆（潘嫂强调糊浆可不是糨糊，弄成糨糊那就麻烦了）倒进柴锅里，用木勺抹成薄饼时，更需掌握"见熟揭"的技巧。现在各家平日做饭都使用上了液化气罐，也有就用那液化气灶盘和不粘锅烙饹馇饼皮的，但潘嫂认为那样制作"好比印花布充十字绣"，她是坚持要使用原来安放在烧炕的砖土灶上的那种圆底的老式大铁锅，如今家里没有炕了，也没有砖土柴灶了，但是村里许多家都还存留着老式大铁锅，偶尔会临时用砖头码个灶，用柴禾当燃料，弄一些老式食品来吃。潘嫂炸饹馇，就用的是这种临时灶，烧的呢，是好不容易收集来的干麦秸。第一道工序，只是把红豆面糊浆烙成薄饼状，每张足有水缸盖大；第二道工序，是用那薄饼卷胡萝卜丝和香菜丝，卷成长筒，再切成一段段的；第三道工序，才是炸。第一道工序，讲究的是要把"见锅熟"的饼烙得薄如纸而且均匀绵软；第二道工序，卷入的胡萝卜和香菜并不要从地里现挖现采的，而是要窖藏的胡萝卜和晾干的香菜，胡萝卜去皮后擦成细丝，香菜呢，潘嫂指给我看，原来她家厢房屋檐下不仅挂着成串的红辣椒、金黄的老玉米、肥壮的辫子蒜，还有以往我一直忽略的深绿色的香菜辫子，她说那香菜辫子就是专用来切碎了填入饹馇里的，市场里卖的饹馇怕存不住，里头都不放胡萝卜丝和香菜丝，因此，"那都没有啥嚼头"；第三道工序，掌握火候尤为要紧，正如吃饺子讲究"原汤化原食"，炸饹馇必得用豆油，用昂贵的花生油去炸，那就"娶媳妇瞎用官轿子"了。只见潘嫂把切好段的生饹馇"哗"地倒进热好的豆油里，一手往灶眼里麻利地填入大把麦秸，一手用漏勺技巧地推动被热油浸透的饹馇段，一阵吱吱的声响中，炸熟的饹馇香气扑鼻，我还没得及咽完馋涎，潘嫂已经把又一锅炸得黄金般璀璨的饹馇全捞到一个绿釉大陶盆里了，她仰起头，乐呵呵地跟我说："可不是我抠门儿，今儿个不给你吃，炸饹馇必得搁凉了，散尽热油味儿，才吃着爽口哩。你别急，赶明儿我让菊菊给你那温榆斋送一坛子去！"

第二天菊菊果然送来一坛炸饹馇，学她奶奶声气嘱咐："不必搁冰箱，不要盖闷盖子，实在怕灰，浮头苫张豆包布就行啦！也别怕一时吃不了底下的坏掉，衬着好些山里红啦！"

这些天，村里有更多人家炸饹馇，巷巷飘散着香气。尽管如今可以吃到那么多种新颖的食品，这个村的村民仍把炸饹馇视为从年前一直吃到年后的美味，男子汉用来下酒，孩子们当作零食，男女老少又都把它用开水一沏倒点酱油醋，撒点葱花，甚至搁点辣椒，当作早餐……炸饹馇在生活中的延续，不也是乡土审美韧性的一种体现吗？

第二辑

归来时，已万家灯火矣

我的隆福寺

　　上小学时，我家住在北京钱粮胡同，上学放学都要穿过隆福寺。父亲是个喜爱研究北京故旧的知识分子。他领着我们全家住到钱粮胡同时，隆福寺已变为一座百货市场，大殿都关闭不开放，但他就知道那昆卢殿里有世界上最壮美的一个"藻井"（那是一位专门研究古建筑的朋友告诉他的），并且塑有神态最生动的"天龙八部"（我早在读金庸的《天龙八部》之前就知道了那八个神怪，盖出于此），熏陶我的效果之一，便是有一天我用一个糖瓜儿买通了母亲任"食库管理员"的同学，钻到那沦为货仓的昆卢殿里。巍峨的殿堂里黑黢黢的，高大的佛像已被蛛网缠绕，陈旧的幡幡发出阵阵闷人的气息；可是仰颈观望，高居于上的覆盆状藻井，在一缕从窗隙射进的菊色光束映视下，仍呈现出一种朦胧的壮美；整个藻井又似一朵倒悬的金色玉莲从中心吐出一颗硕大的宝珠来，十足地神秘、玄妙！

不过我们在环顾那八个诸天和龙神时，却被在幽暗的光缦中似乎正朝我们扑来的夜叉吓得尖叫着逃了出去。至今我还为此发愣：夜叉怎么又是一位护法的角色，列入"正面人物"的"天龙八部"之中呢？

我目睹了隆福寺的变迁。起先，它是个天天开市的庙会，大殿和庑廊边各色方形、伞形、长廊形的布篷下，卖各种各样日用杂品的大摊和小摊鳞次栉比，有品种齐全到百数以上的梳篦摊，"金猴为记"，摊中摆放着一尊木雕金漆大猴；有卖猪胰子球和蛤蜊油等化妆品的小摊；有卖泥兔儿爷、武将棕人、大头和尚窦里翠（一男一女的套头壳儿）、卜卜噔（一种可吹弄的薄玻璃制品）以及空竹、风筝等玩物的摊档……其间更夹杂着卖各色京味小吃的摊档，有连车推来的卖油茶的摊子，不仅龙嘴大铜壶闪闪发光，车帮上镶的铜片和铆的铜钉也油光锃亮，卖褡裢火烧的平底锅滋滋地响着，散着油香。不过我更感兴趣的是卖半空花生、糖稀球、牛筋儿窝窝、综果条、干崩豆……的小摊。后来实行"公私合营"，拆了一些小殿堂和庑廊，建成了"合并同类项"的售货大棚；再后来是"文化大革命"，"破四旧"先破了殿堂内所有的佛像，包括那"天龙八部"，渐次就破到了殿堂本身，那昆卢殿据说是明代建筑中的孤例，其藻井比故宫的养心殿和天坛祈年殿的藻井更见巧思和气魄，到此则大限来临，不仅大殿的全部木料、琉璃瓦和大青砖全部用作了"深挖洞"的材料，殿北的汉白玉石桷、石陛、石雕，也都"将功折罪""变废为宝"，捐躯于防空洞中。父亲那位搞建筑史的朋友"文革"中已"自绝于人民"，我们自然再不敢听从他的"狂吠"，去为这些"破烂货""请命"——直到"文革"后我才重访童年、少年时代几乎天天竖穿的隆福寺，"隆福寺"已徒有地名而已。如今，那里是一所装有滚梯开放五层的商业大厦，里面不仅出售大陆国产精品，也出售比如从巴黎来的香水、日本来的录像机、香港地区来的康元饼干，以及从台湾地区转口而来的仿毛花呢……感谢商场一位人士告诉我："昆卢殿那藻井怎么也拆卸不开，用斧头砍下去火星乱蹦，连斧刃都锩了……后来好像是运到雍和宫去了。"我还真去雍和宫询问，却不得要领，"藻井如何去？剩有游人处"，令我百感交集。一座寺庙有必要永存于世吗？"人事有代谢，往来成古今"，没有湮灭也便难有新生。苏联有部电影叫《两个人的车站》，车站上明明人流如鲫，何以标作"两人"？一位"第五代导演"对我解释："这是说，在那一段时间里，那座车站是因为他们两个人而存在的。"是的，在那一段时间里，隆福寺因我而存在，我的隆福寺既不是明"荣仁康定景皇帝立也"的那座香烟缭绕的大寺，也不是清代竹枝词中所吟的"古玩珍奇百物饶，黄金满橐尽堪销"那种景象，我的隆福寺洗礼了我的童年和少年。我在那里学会了抖空竹，空竹在抖动中发出的蜂音将伴我一生。

1991 年秋

藤萝花饼

　　街口新开了家小食品商店，最显眼的标志是门口的大冷柜，柜面上彩绘着厂家的图徽字号。店主是下岗的小汪，我们在他下岗前就有来往。他爱人桂珍还在公共汽车上当售票员，倒休假时跟他一起照应生意。我傍晚散步有时拐到他们店里，如果正遇到中小学生放学，买冷食的多，我就给他们搭搭手，他们收钱，我出货。如果生意清淡，我就跟他们聊聊天。我去了，他们总要请我吃冷食，我总是坚拒。我说："你们小本生意，挣点钱不容易，朋友熟人来了，你们这个请一份冰激凌，那个请一瓶冰茶，还有什么赚头？"可是，任我不吃，每回见我去了，仿佛条件反射，小汪头一句总是："刘叔，来份什么？"倘若桂珍也在，她会更加热情，有一回就拿出一种江米红枣粽的冰糕，打开包装，直伸到我鼻子前，说："这个你一定喜欢！"我退后半步，依然没接，她就自己吃了，边吃边跟我透露，他们卖这些冷食，利还是颇丰的，每月除去交税、电费及合理损耗，他们这小店的收益，足以使他过一种自得其乐的生活。难怪他们见朋友熟人来了，总愿那么慷慨招待，而一些朋友熟人，也就很自然地接过他们递上的冷食。

前两天我又散步到他们小店，那天奇热，傍晚时还觉得鼻息如蒸。我去了，他们小两口儿都在。生意热闹了一阵，天光敛去后也就清静下来。我们说说笑笑一阵，相处得跟往常一样融洽。但当我告辞，走在回家的路上时，心里却滋生出一种失落感，那感觉还挺迅速地在我胸臆里膨胀。我失落什么？这一回，他们两个见了我，谁都没有了请我吃冷食的话。我在小店待了至少有四十分钟，而且这回我口干喉燥，很想用冷食润一润。我身边就是装满冷食的冰柜，里面有那么多可供选择的品种，但我与那些美味之间却隔着一道无形而坚韧的屏障，那屏障是以我的一贯坚拒他们的好意，以及我从不在他们那里买东西（因为如果我说要买他们一定不会收我的钱），也就是我自以为是的想法而形成的，看来他们也终于接受了那道屏障。

当我接近自己家门的时候，我才深刻地意识到，每回小汪与桂珍那真心请我品尝冷食的举动，我的心灵在默默的领受中习惯了，麻木了，甚至转而轻视乃至鄙夷了。现在他们"知趣"，自动终止了那一份虽然极为世俗却也极为真挚的友情表达，我却一下子承受不住了！

我常常沉浸在自我肯定的情绪中，总觉得在这个有着那么触目惊心的腐败现象的世道里，我即使不能自诩高尚，也总算是个雅人吧。我还有些超功利的人际交往，不是吗？那天，我给很久没有联络的退休的朋友去了个电话，说想找他"臭聊"一通，他热情地欢迎我去，我去了，我们聊得欢天喜地，他留饭，我也不客气，吃了他老伴儿做的极可口的打卤面以后，他老伴儿又搬来一个"黑森林"蛋糕，我不禁脱口问道："咦，今天谁的生日？"我那问话竟如雷击一般，使他和他老伴儿悚然相视，随即好几分钟默然。告辞离去后，我在街头迎风闷走。朋友以为我记得他的生日，才在那天去他那里叙旧，而我不过是为了给忙中偷闲的自己临时寻觅一个温馨静谧的港湾，小作休憩。

昨天傍晚忽然门铃响，从猫眼望出去，依稀辨认出是很久没见过的原来住杂院时的一个街坊，他来做什么？把门打开，那中年人对我说："母亲让我一定要给您送两个来……"递过一个便当盒，我把他请进屋，让他坐下，喝茶细道端详。他母亲，我唤作高大娘的，九十三岁了，现在住进医院，恐怕是难以回家了。高大娘家门前有一架紫藤，每到夏初，紫藤盛开时，她就会捋下一些紫藤花，精心制作出一批藤萝花饼，分送院内邻居。当年我是最馋那饼的，高大娘在小厨房里烘制时，我会久久地守在一旁，头一锅饼出来，她便会立即取出一个，放在碟子里给我，笑眯眯地说："先吹吹，别烫了嘴！"现在高大娘在人生的最后一段旅程里，提出想吃藤萝花饼，晚辈已经不会她那手艺了，现在的做法，不过是把藤萝花裹上面粉，用油炸一下罢了，但给她送去以后，她非常高兴，回光返照中，脸颊像玫瑰般艳丽，尝了几口以后，她便想起了我，立刻嘱咐她老二把一些藤萝花饼——其实已经不是饼，而要称为"藤萝傀儡"——给我送来。说实在的，我已经多年没有过问高大娘的生活，然而，她却还记得我，在她生命的最后时刻，仍要与我分享那藤萝花制品的美味……

我没有对来客说更多的感谢话，我看出那老二只是急着完成母亲布置的这项任务，心里并不怎么太理解高大娘的情愫。送走了高家老二，我独自坐在餐桌边，望着那些"藤萝傀儡"，心中旋动着难以名状的感动。生在这个世界，活在这样的世道，有一种更高更美、属于永恒的境界，需要我不懈地去修理、提升自己的灵魂！

你哼的什么歌

人在不知不觉之中，会轻声地哼唱。

在上下班的路上，骑自行车穿过大街小巷时；离家旅行，坐在火车靠窗的座位上，懒懒地浏览着并无特色的风景时；闲暇中漫步在公园或居住区绿地的小径上时；在家中独自倚在阳台栏杆上，乃至独自坐在沙发上出神时……从我们的心井深处，便会旋出缕缕歌丝。有时不是歌，而是无词的乐曲。当我们陷于此种哼唱的境界，我们有时自己也没有觉察出自己在歌吟，尤其不能清楚心底所泛出的是些以什么符号命名的旋律……

倘在我们不知不觉地哼唱时，突然有一只麦克风伸来，把我们的哼唱声放大成响亮的"回环立体声"，我们会怎么样？

会惊耸地定在那里，刹那如一尊石像吗？会立刻噤声，如风中寒蝉吗？会哑然失笑，如面对自己穿开裆裤的照片吗？会羞赧地红云盖脸，悔恨于被人听见了吗……

而最小的可能性，是全然无所谓，面不改色心不跳。

因为不自觉地哼唱，是泄露人心底的秘密。

中、老年人所哼唱的，往往是十几年乃至几十年前曾醉心一时的曲目，那里面蕴含着他或她个体生命的许多情感经历，爱与恨、得与失、荣与辱、梦与幻……就是刚过不惑之年的一代，他们不自觉的哼唱里，也必定浓缩着各自的心路历程。

"文革"中，在"五七干校"，一天的大田劳作完毕后，排队唱"语录歌"而归，到各班组分岔而散、接近住屋时，一位"五七"战士却在放松中不经意地哼唱起了《莫斯科郊外的晚上》，其实只是极轻微的游丝般的低吟，却突然有一只手拍到了他的肩上，他惊耸地扭头，却是班长，满脸"人赃俱获"与"放你一马"相交叠的表情："你怎么就是戒不掉封、资、修？！"至今这位昔日的"五七"战士想起那一刹那的情景，心头依然五味俱全……

一位在外资企业的写字楼中当白领的女士，其人应该说已"全盘西化"，俨然是一位"摩登佳女"，可是她对我说，如今每当她听到《让我们荡起双桨》《我们的田野》这两首已经有好几十岁的歌曲，那其实是很单纯很规矩的旋律词句响起，她就总还是有一种莫可名状的异样情绪荡漾于心头，而她在无意中哼唱的曲调，偶尔也还会是这两首歌。

想起来真让人感慨万端，那些我们青春期所熟悉的歌曲乐调，竟会那样深沉而执着地滞留在我们心灵的井底，甚至会与我们的肉身共存亡于始终。从良性的角度说，这些歌曲乐调是滋润我们终生的营养品；从悲观的角度说，我们的个体生命竟是这些社会文化产品的终身人质！

正当花季的少男少女们，他们在路上跳跳蹦蹦地哼唱的，是些什么歌？将会有哪些歌经过时代社会和个人遭际的筛汰，会潴留在他们今后的心井中，成为他们中年、老年时代不经意便能哼唱出的旋律？

"生死歌哭"这个词，我在以前的文章中多次使用过。现在专门就人生的"歌"作一番探微发隐，才咀嚼出了"歌哭"两个字的浓酽味道，不禁又想到"长歌当哭""百年歌自苦""人世几欢哀"……

现在中国很流行卡拉OK，在歌厅中大声唱卡拉OK，是一种情绪的宣泄，这种宣泄不仅受歌厅曲目的限制，更因有他人在场，而变得更具表演性质、展示性质、炫耀性质、塑造自我性质；当然，在自己家中或和几个知己在KTV包房中唱卡拉OK，也许会把所宣泄的感情表达得更从容、更精致、更舒畅，但那种自觉地大声地歌唱，和不自觉地哼唱，毕竟是本质不同的两回事。

人在不自觉的哼唱中，才接近于他或她真实的自我，一个被时代、社会、他人浸润的自我，一个力图与时代、社会、他人剥离的自我，一个欣悦的自我，一个痛苦的自我，一个松弛的自我，一个颤动的自我，一个向往着的自我，一个安于现状的自我……

人生途程上，我们一路哼唱……

哼哼唱唱的，不知不觉之中，我们度过了烂漫青春，迎来了哀乐中年，又渐渐步入了哼出怀旧的"前朝曲"的老迈之年……

当我们即将离开这滚滚红尘的人世时，我们干涸的心井里，那最深最隐秘的所在，和我们最后一起湮灭的，是哪一首曲子哪一首歌？

1993 年 10 月 14 日

归来时，已万家灯火矣

1950 年，我们全家从重庆迁到北京。父母虽原籍都是四川，却从小随祖父在北京长大，北京于他们而言不啻第二故乡。在北京安顿下来以后，每逢星期天和节假日，父母总要带我们子女游览北京的名胜古迹。母亲是个爱记日记的人，平时那平淡的日子里，油盐酱醋茶的家常细事她都要记，何况游览归来后。有一次，全家游颐和园归来，母亲写了一篇很长的日记，姐姐偷看了母亲的日记本后，笑得合不拢嘴。她说，那篇日记的最后一句是："归来时，已万家灯火矣。"哥哥们听说，也都笑。我那时还小，不懂他们笑个什么；但从他们的神情可以看出，那倒不是恶意的嘲笑；母亲对他们的笑，也报之以笑，一家人很是快活。后来渐渐琢磨出来，姐姐和哥哥们是觉得母亲那文言白话夹杂的文体，在那样一个新时代开始以后，显得挺滑稽的；用今天的术语来说，就是"文本"和"语境"有些个"疏离"。

后来我大了些，也翻看过母亲的日记本。母亲实在是个无甚隐私的人，为了父亲，为了子女的成长，她日复一日地操持家务，日记所载，便是那含辛茹苦而任劳任怨的流程。母亲日记的内容确实平淡无奇，但我喜欢那里面所充溢的生活情趣。比如，有一次母亲上街买菜，被扒手偷走了钱包，她记下这件事时，还画了一幅小画儿，画着她自己气恼的面容，又在她自己的像后，画了一个比例小许多的、逃跑的扒手的背影，非常生动，旁边还有文字说明："扒手可恨！给新社会丢脸！"她为自己的日记画插图虽不是很多，一个月里也总有几回。记得有一幅荷花画得很好，是记录到北海公园赏荷的印象，那荷花上，还立着一只昆虫——我以为是蜻蜓——母亲告诉我应该叫作豆娘。

二十世纪五十年代初期，父母对新社会赞不绝口。那时北京先是疏浚了什刹海等水域，后来又掏尽了几乎全城的阴沟，所以全家一起看了老舍的《龙须沟》以后，父母都赞生动真实，对舞台上的角色喊"万岁"，非常有共鸣。后来我再大了些，懂得那一时期叫新民主主义社会。那时的国产影片，厂标是工农兵的雕像，随着一段悦耳的乐曲，微偏的雕像缓缓旋转为正面，叠印出制片厂名称；我现在仍能哼出那乐曲的旋律；后来那乐曲不仅从电影片头消失，几乎在任何时候、任何场合都再也听不到了；到了"文革"时期，上海首先揪出了作曲家贺绿汀，对他猛批时，点到了那首由他谱出、一度被使用到电影片头的乐曲，原来叫作《新民主主义进行曲》，而"新民主主义"，据说是刘少奇对之格外地衷情。当时有"巩固新民主主义"的提法，是他反对搞社会主义的一大罪状，此罪既定，贺绿汀为"新民主主义"谱"进行曲"，自然也就"罪该万死"。说实在的，新中国成立初实行新民主主义的时间虽然短暂，但那时我已十多岁，所获得的感受里，却没什么阴影。那时国有经济蓬勃发展，但私营经济也很活跃，我记得父亲带我去先农坛参观过大规模的城乡物资交流会，展示的商品琳琅满目；而我家附近的隆福寺庙会，更显示出多元的社会景观；当时的东安市场，更仿佛一座美不胜收的琳宫宝殿。还记得那时母亲常一边在厨房炒菜，一边赞叹物价稳定。也还记得在饭桌上，父母不经意的对话中，其实是在赞叹新社会的好处，比如取缔了妓院，禁绝了鸦片，消灭了土匪，振奋了民心等。所以在"文革"时，读到那些痛批刘少奇"巩固新民主主义"的想法是"狼子野心"时，心里只有诧异和恐惧，只好拼命地去跟那"继续革命"的极左理论认同。后来，从逻辑上也确实弄通了，革命就是要一波一波地迅疾推进，以致最后要实行"全面专政"。但"反右""大跃进"以后，我步入青年时期，却留下了害怕"片语致祸"和物资匮乏乃至饥饿的记忆阴影。

母亲直到"文革"前，一直坚持记日记。哥哥们和姐姐后来都离开了北京。我长大了，自己也记上了日记，因为懂得日记是私密的话语，自己的既然怕别人看，别人的当然也就不应该看，所以那以后再不曾翻看母亲的日记。直到母亲1988年仙逝后，她的几十本日记成为遗物，我才通读了一遍。我发现，她那日记，最生动活泼的部分，就是1950年到1956年那几本，插图最多的，也是那几本。而"归来时，已万家灯火矣"那一篇那一句，在我心中激出的涟漪，久久环荡。我体味着那文白夹杂的字句中，一个普通的中国人，对身逢太平盛世、安度平凡生活的诗意情怀。

我的父母，无论从家庭出身和本人成分上看，都属于大时代中典型的中间人物。他们对革命的认同，是因为他们看到了革命者所营造出的一个好的生存空间。他们从不认为自己也该成为革命者。他们拥护革命者，接受革命者领导，愿意在革命政权下更放松地做一个好人。正因为他们这样给自己定位，所以，像父亲，他在上班时认真工作，可是下班后，保留着自己的个人爱好——逛旧书店和吃西餐；而母亲，在从事家务劳动和积极参加一些街道工作之余，也有自己的闲情逸致，比如反复阅读《红楼梦》和记日记，并写下"归来时，已万家灯火矣"那样的句子。

1957 年以后的事态发展，从母亲的日记里，隐约可以看出，是很快地，要求所有的人都成为地道的革命者，不再允许中间人物的存在。思想舆论要求一律，文体也要求一律。父亲在单位里出了事，当时我们子女并不清楚——他因为在帮助党整风的座谈会上，发了个什么言，后来被开会批判，但最终没划"右派"，档案里落下了"中右"的结论，这就在很多年里不同程度地影响到了我们这些子女的命运，这里且不多说——父亲在单位里的遭遇，他瞒着我们子女，却告诉了母亲，母亲去世后我通读她的日记，在 1957 年秋天的某一日，她写下了很含蓄的一句"天演说错了话"，天演是父亲的名字；在"说错了话"四个字下面，她画了圈，而且，"错"字和"话"字似乎描涂过好几遍，事过多年，从那笔触里，仍可看出那件事给予她心理上有过多么锐重的刺激。母亲日记中的情趣从那句话后竟消失殆尽，以后的日记中不再有"归来时，已万家灯火矣"那样的句子，越来越简约，成了干巴巴的备忘录，当然更没有什么插图了。到母亲晚年，赶上了改革开放的好日子，她恢复了写日记，但年事已高，精力不逮，写得也都很简单，再没有像当年那种郊游回来，既有描写又有抒情的篇章了。

"归来时，已万家灯火矣"，这种情调，后来我懂得，要被划为"小资产阶级情调"。1956年以前，在文艺界，这种情调已然被指认为"不健康"；到后来，有"写中间人物是资产阶级主张"的大批判，小资产阶级也就跟资产阶级煮成一锅了；到"文革"，那就只剩下一种据说是无产阶级专有的文体了，不依规范，"说错话"或"写错文"，甚至会引来杀身之祸。幸亏母亲不是搞文艺的，她的日记从未公开发表过。

　　母亲日记的情调，使我想到丰子恺的文和画。他们是同代人，也许，阶级成分和人生站位，也差不多，都属于所谓"小资产"吧。"文革"风暴一起，上海首批揪出的"牛鬼蛇神"里，就有丰子恺，这很使人惊讶，他那些"人散后，一钩新月天如水""满山红叶女郎樵"的作品，究竟碍了革命者、革命政权、革命路线什么事儿呢？

　　母亲在"文革"中，和父亲一起下"五七干校"。装载他们那些知识分子的火车，原来是运送牲口的闷子车，后来母亲回忆说，一千多公里的途程，没有座椅，大家坐在车厢底板上，这倒还能忍受，可是，车上没有厕所，而又经常很久都不停车，男女同在一个车厢，有的随往家属还是青春少女，那尴尬与狼狈的情景，真不便形容。在那样的生存状态下，丰子恺式的人生情趣，自然已被尽悉碾碎扫荡。

　　去"干校"，据说是要把所有的人都改造成革命者。那时候民族的生存空间里，要么你是敌人，要么你就得是革命者。你如果想，我既不反革命，也不革命，行不行呢？或者，你觉得自己成不了革命者那么优秀的人，但革命者所革出的局面，如果好，你会拥护，然后在那个前提下，努力劳动，认真工作，然而也保留自己的一份个人生活，比如扶老携幼地郊游、赏花，甚至欣赏立在荷花上面的一只纤弱的豆娘……并在当天的日记最后，写下"归来时，已万家灯火矣"的句子，行不行呢？……当然不行。不仅不行，而且，恐怕敢这么想的人，那时候也越来越少。

现在的世道，已经有了很大变化。总的来说，变得比以前好了。但问题也不少，有的问题甚至相当触目惊心，尤其是权钱交易造成的腐败堕落，还有明显的社会不公。不少的仁人志士，都挺身而出，意欲从理论上、实践上，解决问题。这当然很好。但我希望，不管是哪一派别，最好都把矛头直接指向那问题的主体，指向责任者；只要你那理论确实有益，尤其是付诸实践真有效果，一般的俗众自然会被吸引，成为你的拥护者。最好不要矛头并不真正对着那问题的主体，不对着那责任者，而先对着俗众，责备他们怎么不跟你的理论认同，没有积极参与你提倡的斗争，或怎么没成为你自己那样的仁人志士。不管是革命，还是改革，还是改良，乃至于改进，目的是要给一般民众带来良好的生存空间和公平的生存秩序，要达到目的，当然需要争取尽可能多的拥护，却不必要求芸芸众生都一律成为革命者、改革者、改良派、改进派。容许社会上，有一个宽阔的中间地带，其间繁殖生息着过常态"小日子"的、普普通通的小人物，或叫作"中间人物"，有那样胸怀的大人物，我以为才是值得尊敬的大人物。倘若他还能进一步为众多的小人物营造出太平盛世，以公平的"游戏规则"组织好社会生活，那他就不仅值得尊敬，更应该倾心拥护了；倘若他的宗旨，只是着力于把亿万小人物都改造成跟他画等号的存在，遇到阻力，推行不顺，便大发雷霆，大施惩罚，那，大规模的社会悲剧，势必发生。这是我从母亲日记上一个抒情感叹的句子，所引发出的联想，最终所达到的憬悟。

父亲脊背上的痱子

　　我五岁时，本已同父母分床而睡，可是那时我不仅已能做梦，而且还常做噩梦。梦的内容，往往醒时还记得，所以惊醒以后，便跳下床，光脚跑到父母的床上，硬挤在他们身边一起睡。开头几次，被我搅醒的父母不仅像赶小猫似的发出呵斥我的声响，父亲还叹着气把我抱回到我那张小床上。后来屡屡如此，父母实在疲乏得连呵斥的力气也没有了，便只好在半醒状态下很不高兴地翻个身，把我容纳下来。而我，虽挤到了父母的床上，却依然心中充满恐怖。于是我便常常把我的身子——尤其是我的小脸，紧贴到父亲的脊背上，在终于获得一种扎实的安全感以后，我才能昏沉入睡。

　　我做的是些什么样的噩梦？现在仍残留在我记忆里，大体是被"拍花子"拐走的一些场景。那时，母亲和来我家借东西兼拉家常的邻家妇人，她们所摆谈的内容，绝大部分对我来说毫无意义，也不可能留下什么印象。但是她们所讲到的"拍花子"拐小孩的种种传闻，却总是仿佛忽然令我的耳朵打开了接收的闸门——尽管我本来可能是在玩胶泥，并在倾听院子里几只大鹅的叫声——她们讲道，"拍花子"会在像我这样的小孩不听大人的话，偷跑到院子外面去看热闹时，忽然走到小孩身边，用巴掌一拍小孩脑袋，小孩就什么都听不见看不见。单只能听见"拍花子"说："走，走，跟我走啊跟我走……"也单只能看见"拍花子"身后的窄窄的一条路，于是便傻呆呆地跟着那"拍花子"的走了。当然就再看不到爸爸妈妈，再回不到家了……这些话语嵌进我的小脑袋瓜儿，使我害怕得要命。特别是，每当这时我往妈妈她们那边一望，便会发现妈妈她们也正在望我。妈妈的眼光倒没什么，可那女邻居的一双眼睛，却让我觉得仿佛她已经看见"拍花子"在拍我了。我就往往歪嘴哭起来，用泥手抹眼泪，妈妈便急得赶快抓我的手……

我在关于"拍花子"拍我的种种梦境—— 一个比一个更离奇恐怖——中惊醒后，直奔父母那里，并习惯性地将脸和身子紧贴父亲的脊背，蜷成一团，很快使父亲的脊背上，捂出一大片痱子，并无望消失。开始，父亲只是在起床后烦躁地伸手去挠痒，但挠不到，于是便用"老头乐"使劲地抓挠。但那时父亲不过四十来岁，还不老，更不以此为乐，他当然很快就发现了那片痱子的来源。不过，在我的记忆里，父亲并没有因此而愤怒，更没有打我。只记得他对我有一个颇为滑稽的表情，说："嘿嘿嘿，原来是你兴的怪！"母亲对此好像也并不怎么在意，记得还一边往爸爸脊背上扑痱子粉，一边忍俊不禁地说："你看你看，他这么个细娃儿，他就发起梦铳来啦！"发梦铳"就是因做梦而呈现古怪的表现，但母亲似乎从未问过我，究竟都做过些什么梦。

弗洛伊德，当然很了不起，但他那关于儿子多有"恋母情结"和"弑父情结"的潜意识等论述，于我的个人经验，实在是对不上号。尤其是对父亲的感情记忆，最深刻的，是我在极端恐怖时，得到了他脊背的庇护，且给他长期造成了一片难息的痱子，他又并未因此给我以责罚。我感激还来不及，怎会生"弑父"之心？父亲的脊背，并不怎样宽阔雄厚，我现在回忆起来，也并无更丰富的联想，比如后来他又如何以"无形的脊背"，给我以呵护和力量等。而且，情形还恰恰相反，他年过半百之后，对我的亲子之情虽依旧，对我的学业、前程、着落等大事，竟懒得过问，甚至撒手不管。记得我上中学以后，班主任来找家长，他招呼一下，便自己看报，母亲跟班主任谈完后跟他说，老师要走了，他便站起来点头送客。这时老师话语中提及了我们学校的名字，他竟脱口而出地说："怎么，心武是在二十一中上学吗？"我上到高中，换了学校，他还是闹不清，递给他成绩单，他草草拿眼一浏，好坏都不感兴趣。据说我大哥小的时候，常因成绩不佳，被他打屁股，打得很认真。母亲后来对我说，父亲是因为管孩子"管伤了"（腻烦了），所以到我这老五，便听之由之，全权交由母亲来管教。1960 年，父亲由贸易部调到一所部队院校任教，他和母亲去了张家口。当时哥哥都在外地，姐姐已出嫁，我还在上学，父亲却把北京的宿舍全部交出，让我去住校，不给我留房——那时贸易部是完全可以给家属留房的，另外同时调去的就给家里人留了房。但父亲觉得我应该过住校的生活，并完全独立，那时，我还未满十八周岁。

父亲在七十三岁那年过世（母亲则是在八十四岁那年），他那曾被我抠出痱子的脊背，自然连同他身体的其他部分一样，都化作了骨灰。父亲不是名人，一生不曾真正发达过，他的坎坷比起很多知识分子的遭遇来，也远不足以令人长太息，他的同辈友人，几乎也都谢世，现在能忆念的，也就是我们四个子女（大哥先他而逝）。而我对他的忆念，竟越来越集中在他那脊背因而炸出的一片痱子上。在人类漫漫的历史中，在无数轰轰烈烈、惊心动魄的世事中，这对我父亲脊背上那片赤红鼓凸的痱子的忆念，是否极卑微、极琐屑，而且过分地私密了？

不，我不这样看。在这静静的秋夜里，我回忆起父亲脊背上的那片痱子，我想到了一个伟大的话题，这个话题常常被我们所忽略，那就是父爱。我们对母爱倾泻的话语实在太多太多，甚至于把话说绝："世上只有妈妈好！"其实，仅有妈妈的爱，人子的心性是绝不能健全的。世界、人类，一定要同时存在着与母爱同样浓酽的父爱，我指的是那种最本原的父爱，还暂不论及养和教，不论及熏陶和人格影响。

所谓"阴盛阳衰"，是时下人们对我们中国体育竞赛状况常有的叹息，其实，就母爱和父爱的外化状况、揄扬程度、研究探讨，特别是内在的自觉性和力度上，我们似乎也是"阴盛阳衰"。中国男人要提升阳刚度，浓酽其父爱，也应是必修课之一！

我自己现在已年过半百，比背上抠出一片痱子的父亲那时，还老许多。我的儿子，也已经很大，扪心自问，我对儿子，是有那最本原的父爱的。我常常意识到，不管怎么说，他和我，有一种永远无法摆脱的、宿命的链环关系——他是我一粒精子同他母亲一粒卵子的共同作品。他的基因里，有我的遗传，我不能不给予他一种特别的感情，并企盼这种感情能够穿越我们生命，穿越世事，并穿越我们的代间冲突（那是一定会有的），而熔铸于使整个人类得以延续下去的因果之中。

直到这个静静的秋夜，我还没有把父亲脊背上的痱子讲给儿子听，不讲了，既然写下了这篇文章。儿子现在不读我的文章，虽然他以我写文章而谋生暗暗自豪。儿子说过，不着急，我的书就在书架上，总有那么一天，他会坐下来，专门读我的书，我希望他会在这本书里发现这篇文章。那时，也许他已经有自己的儿子或女儿了，他心里会涌出一股柔情，想道：你看，父亲从爷爷那里得到过，我从父亲那里得到过，我还要给予我的孩子，那是很朴素很本原的东西，一种天然的情感磁场，而这连环般的连续"磁化"，也便永恒。

跟陌生人说话

　　父亲总是嘱咐子女们不要跟陌生人说话，尤其是在大街、火车上等公共场所，这条嘱咐在他常常重复的还有千万不要把头和手伸出车窗外面等训诫里，一直高居首位。母亲就像安徒生童话《老头子做事总是对的》里面的老太太，对父亲给予子女们的嘱咐总是随声附和。但是母亲在不要跟陌生人说话这一条上却并不能率先履行，而且，恰恰相反，她在某些公共场合，尤其是在火车上，最喜欢跟陌生人说话。

　　有回我和父母亲同乘火车回四川老家探亲，去的一路上，同一个卧铺间里的一位陌生妇女问了母亲一句什么，母亲就热情地答复起来，结果引出了更多的询问，她也就更热情地絮絮作答，父亲望望她，又望望我，表情很尴尬，没听多久就走到车厢衔接处抽烟去了。我听母亲把有几个子女都怎么个情况，包括我在什么学校上学什么的都说给人家听，急得直用脚尖轻轻踢母亲的鞋帮，母亲却浑然不觉，乐乐呵呵一路跟人家聊下去；她也回问那妇女，那妇女跟她一个脾性，也絮絮作答，两人说到共鸣处，你叹息我摇头，或我抿嘴笑你拍膝盖。探亲回来的路上也如是，母亲跟两个刚从医学院毕业并分配到北京去的女青年言谈极欢，虽说医学院的毕业生品质可靠，你也犯不上连我们家窗外有几棵什么树也形容给人家听呀。

母亲的嘴不设防。后来我细想过，也许是，像我们这种家庭，上不去够天，下未堕进坑里，无饥寒之虞，亦无暴发之欲，母亲觉得自家无碍于人，而人亦不至于要特意碍我，所以心态十分松弛，总以善意揣测别人，对哪怕是旅途中的陌生人，也总报以一万分的善意。

有年冬天，我和母亲从北京坐火车往张家口。那时我已经工作，自己觉得成熟多了。坐的是硬座，座位没满，但车厢里充满人身上散发出的秽气。有两个年轻人坐到我们对面，脸相很凶，身上的棉衣破洞里露出些灰色的絮丝。母亲竟去跟对面的那个小伙子攀谈，问他手上的冻疮怎么也不想办法治治，又说每天该拿温水浸它半个钟头，然后上药；那小伙子冷冷地说："没钱买药。"还跟旁边的另一个小伙子对了对眼。我觉得不妙，忙用脚尖碰母亲的鞋帮。母亲却照例不理会我的提醒，而是从自己随身的提包里，摸出里面一盒如意膏，那盒子比火柴盒大，是三角形的，不过每个角都做成圆的，肉色，打开盖子，里面的药膏也是肉色的，发散出一股浓烈的中药气味；她就用手指剜出一些，给那小伙子放在座位当中那张小桌上的手，在有冻疮的地方抹那药膏。那小伙子先是要把手缩回去，但母亲的慈祥与固执，使他乖乖地承受了那药膏，一只手抹完了，又抹了另一只；另外那个青年后来也被母亲劝说得抹了药。母亲一边给他们抹药，一边絮絮地跟他们说话，大意是这如意膏如今药厂不再生产了，这是家里最后一盒了，这药不但能外敷，感冒了，实在找不到药吃，挑一点用开水冲了喝，也能顶事；又笑说自己实在是落后了，只认这样的老药，如今新药品种很多，更科学更可靠，可惜难得熟悉了……末了，她竟把这盒如意膏送给了对面的小伙子，嘱咐他要天天给冻疮抹，说是别小看了冻疮，不及时治好抓破感染了会得上大病症。她还想跟那两个小伙子聊些别的，那两人却不怎么领情，含混地道了谢，似乎是去上厕所，一去不返了。火车到了张家口站，下车时，站台上有些个骚动，只见警察押着几个抢劫犯往站外去。我眼尖，认出里面有原来坐在我们对面的那两个小伙子。又听有人议论说，他们这个团伙原是要在三号车厢动手，什么都计划好了的，不知为什么后来跑到七号车厢去了，结果败露被逮……我和母亲乘坐的恰是三号车厢。母亲问我那边乱哄哄怎么回事，我说咱们管不了那么多，我扶您慢慢出站吧，火车晚点一个钟头，父亲在外头一定等急了。

母亲晚年，一度从二哥家到我家来住。她虽然体胖，却每天都能上下五层楼，到附近街上活动。她那跟陌生人说话的旧习不改。街角有个从工厂退休后摆摊修鞋的师傅，她也不修鞋，走去跟人家说话，那师傅就一定请她坐到小凳上聊，结果从那师傅摊上的一个古旧的顶针，两人越聊越近：原来，那清末的大铜顶针是那师傅的姥姥传给他母亲的，而我姥姥恰也传给了我母亲一个类似的顶针。聊到最后的结果，是那丧母的师傅认了我母亲为干妈，而我母亲也就把他带到我家，俨然亲子相待，邻居们惊讶不止，我和爱人孩子开始也觉得母亲多事，但跟那位干老哥相处久了，体味到了一派人间纯朴的真情，也就都感谢母亲给我们的生活增添了丰盈的乐趣。

母亲八十四岁谢世，算得高寿了。不仅是父亲，许多有社会经验的人谆谆告诫——不要跟陌生人说话，实在是不仅在理论上颠扑不破，因不慎与陌生人主动说了话或被陌生人引逗得有所交谈，从而引发麻烦、纠缠、纠纷、骚扰乃至悲剧、惨剧、闹剧、怪剧的实际例证，太多太多。但在母亲八十四年的人生经历里，竟没有出现过一例因与陌生人说话而招致损失的事例。这是上帝对她的厚爱，还是证明着即使是凶恶的陌生人，遭逢到我母亲那样的说话者，其人性中哪怕还有萤火般的善，也会被扇亮？

父母都去世多年了。母亲与陌生人说话的种种情景，时时浮现在心中，浸润出丝丝缕缕的温馨。但我在社会上为人处世，却仍恪守着父亲那不要跟陌生人说话的遗训，即使迫不得已与陌生人有所交谈，也一定尽量惜语如金，礼数必周而戒心必张。

前两天在地铁通道里，听到男女声二重唱的悠扬歌声，唱的是一首我青年时代最爱哼吟的《深深的海洋》：

> 深深的海洋，
> 你为何不平静？
> 不平静就像我爱人，
> 那一颗动摇的心……

歌声迅速在我心里结出一张蛛网，把我平时隐藏在心底的忧郁像小虫般捕粘在上面，瑟瑟抖动。走近歌唱者，发现是一对中年盲人。那男士手里捧着一只大搪瓷缸，不断有过路的人往里面投钱。我在离他们很近的地方站住，想等他们唱完最后一句再给他们投钱。他们唱完，我向前移了一步，这时那男士仿佛把我看得一清二楚，对我说："先生，跟我们说句话吧。我们需要有人说话，比钱更需要啊！"那女士也应声说："先生，随便跟我们说句什么吧！"

我举钱的手僵在那里再不能动。心里涌出层层温热的波浪，每个浪尖上仿佛都是母亲慈蔼的面容……母亲的血脉跳动在我喉咙里，我意识到，生命中一个超越功利防守的甜蜜瞬间已经来临……

人在胡同第几槐

五十八年前跟随父母来到北京，从此定居此地再无迁挪。

北京于我，缘分之中，有槐。童年在东四牌楼隆福寺附近一条胡同的四合院里居住。那大院后身，有巨槐。来北京之前，父母就一再地说，北京可是座古城。果然古，别的不说，我们那个大院的那株巨槐，仰起头，脖子酸了，还不能望全它那顶冠。树皮上不但有老爷爷脸上那样的皱褶，更鼓起若干大肚脐眼般的瘤节，我们院里四个小孩站成"大"字，才能将它合抱。巨槐春天着叶晚，不过一旦叶茂如伞，那就会网住好大好大一片阴凉。最喜欢它开花的时候，满树挂着一嘟噜一嘟噜白中带点嫩黄的槐花，于是，就有院里还缠着小脚的老奶奶，指挥她家孙儿，用好长好长的竹竿，去采下一笸箩新鲜的槐花，而我们一群小伙伴，就会无形中集合到他们家厨房附近，先是闻见好香好香的气息，然后就会从那老奶奶让孙儿捧出的秫秸制成的圆形盖帘上，分食到用鸡蛋、蜂蜜、面粉和槐花烘出的槐花香饼……

父母告诉我，院里那株古槐，应该是元朝时候就有了。元朝是多少年前呀？那时不查历史课本和《新华字典》后头的附录，就不敢开口。反正是很久很久以前。但随着岁月的推移，古槐在我眼里，似乎反而矮了一些、细了一轮，不用四个伙伴合围，两个半人就能将它抱住——原来是自己和同龄人的生命，从生理发育上说，高了、粗了、大了。于是头一次有了模模糊糊的哲思：在宇宙中，做树好呢，还是做人好呢？树可以那样地长寿，默默地待在一个地方，如果把那当作幸福，似乎不如做人好，人寿虽短，却是地行仙，可以在一生里游历许多的地方，而且，人可以讲话，还可以唱歌……

果然我后来虽然一直定居北京，祖国的三山五岳也去过一些，海外的美景奇观也看到一些，开口说出了一些想出的话，哼出了一些出自心底的歌，比那巨大的古槐，生命似乎多彩多姿。但搬出那四合院子，依然会在梦里来到那巨槐之下。梦境是现实的变形，我会觉得自己在用一根长长的竹竿，吃力地举起——不是采槐花，而是采槐花谢后结出的槐豆——如果槐花意味着甜蜜，那么槐豆就意味着苦涩。过去北京胡同杂院里生活困难的人家，每到槐豆成熟，就会去采集。我的小学同学，有的就每天早上先去大机关后门锅炉房泄出的煤灰里，用一个自制的铁丝扒子扒煤核，每天晚上做完功课，就举着带铁钩的竹竿去采槐豆。而每到星期天，则会把煤粉和成煤泥，把槐豆铺开晾晒——煤泥切成一块块，干燥后自家烧火取暖用，槐豆晾干后则去卖给药房做药材……在梦里，我费尽力气也揪不下槐豆来，而巨槐顶冠仿佛乌云，又化为火烫的铁板，朝我砸了下来，我想喊，喊不出声，想哭，哭不出调……噩梦醒来是清晨。但迷瞪中，也还懂得喟叹：生存自有艰难面，世道难免多诡谲……

院子里的槐树，可称院槐。其实更可爱的是胡同路边的槐树，可称路槐。龙生九种，种种有别。槐树也有多种，国槐虽气派，若论妩媚，则似乎略输洋槐几分。洋槐虽是外来，但与西红柿、胡萝卜、洋葱头……一样，早已是我们古人生活中的常客，谁会觉得胡琴是一种外国乐器、西服不是中国人穿的呢？洋槐开花在春天，一株大洋槐，开出的花能香满整条胡同。还有龙爪槐，多半种在四合院前院的垂花门两边，有时也会种在临街的大门旁边。北京胡同四合院树木种类繁多，而最让我有家园之思的，是槐树。

东四牌楼（现在简称"东四"，一些年轻人简直不知道是什么意思，我宁愿永远不惮烦地写出这个地方的全名）附近，现在仍保留着若干条齐整的胡同。胡同里，依然还有寿数很高的槐树，有时还会是连续很多株，甚至一大排。不要只对胡同的院墙门楼木门石墩感兴趣，树也很要紧，槐树尤其值得珍视。青年时代，就一直想画这样一幅画，胡同里的大槐树下，一架骡马大车，静静地停在那里，骡马站着打盹儿，车把式则铺一张凉席，睡在树荫下，车上露出些卖剩的西瓜……这画始终没画出来，现在倘若要画，大槐树依然，画面上却不该有早已禁止入城的牲口大车，而应该画上艳红的私家小轿车……

过去从空中俯瞰北京，中轴线上有"半城宫殿半城树"一说，倘若单俯瞰东四牌楼或者西四牌楼一带，则青瓦灰墙仿佛起伏的波浪，而其中团团簇簇的树冠，则仿佛绿色的风帆。这是我定居五十八年的古城，我的童年、少年、青年、壮年的歌哭悲欢，都融进了胡同院落，融进了槐枝槐叶槐花槐豆之中。

　　不过，别指望我会在这篇文章里附和某些高人的高论——北京的胡同四合院一点都不能拆不能动，北京作为一座城市正在沉沦……城市是居住活动其中的生灵的欲望的产物，尽管每个生灵以及每个活体群落的欲望并不一致甚至有所抵牾，但其混合欲望的最大公约数，在决定着城市的改变，这改变当然包括拆旧与建新，无论如何，拆建毕竟是一种活力的体现，而一个民族在经济起飞期的亢奋、激进乃至幼稚、鲁莽，反映到城市规划与改造中，总会留下一些短期内难以抹平的疤痕。我坚决主张在北京旧城中尽量多划分出一些保护区，一旦纳入了保护区就要切实细致地实施保护。在这个前提下，我对非保护区的拆与建都采取具体的个案分析，该容忍的容忍，该反对的反对。发展中的北京确实有混乱与失误的一面，但北京依然是一艘不沉的航空母舰，我对她的挚爱，丝毫没有动摇。

　　最近我用了半天时间，徜徉在北京安定门内的旧城保护区，走过许多条胡同，亲近了许多株槐树，发小打来手机，问我在哪儿。我说，你该问：岁移小鬼成翁叟，人在胡同第几槐？

姐弟读书乐

我读初中时，姐姐已经上大学了。我和父母住在北京，姐姐是在哈尔滨上大学，因此，每临近寒暑假，我就盼姐姐回家。

放假了！姐姐回家了！我真是快活得不得了！记得我学会了在墙壁上"贴饼子"，就是两手撑地，把双腿往上甩，牵引身体倒竖，把一双脚落到墙壁上。姐姐刚回家，我就迫不及待地在她眼前"贴饼子"，希望她发出惊叹声；可是姐姐一点也不夸赞我，还批评我用鞋底弄脏了墙。后来，我又学会了完全不用墙壁支撑身体的"竖蜻蜓"（或称"拿大顶"），姐姐一到家，我就得意地倒立着，在她眼前走来走去，姐姐也仅是淡淡地夸我两句，使我很是败兴。

可是，我还是很喜欢姐姐回北京过寒暑假。姐姐除了帮妈妈做些家务事、跟中学老同学聚会，以及用妈妈的一架老式的手摇缝纫机给自己做新衣，就是看小说。我记得，有时候，她甚至除了吃饭、睡觉，几乎一直斜躺在床上，倚着被褥枕头看小说，可以说，看得昏天黑地！我们的父母，对子女一贯很温情，尤其对子女看书，只要看的是好书，就很纵容，比如说姐姐那么样地一看小说竟看上一整天，爸爸妈妈绝对不干涉，更不会催她去做什么家务事。姐姐如此这般地看小说，不跟我玩了，我当然不高兴，有时就跟她捣些乱，比如在她身边发出怪声呀，假传爸爸妈妈的"圣旨"，让她去做某件事呀，可是都收效甚微，她依然津津有味只顾读手中所捧的书，而且，她还会忽然命令我，让我给她送杯茶，或让我把她的梳子找出来递给她，以便梳一梳倚靠中搞乱了的头发，我虽嘴里嘟嘟囔囔，实际行动上，却很乐于为她服务。

姐姐读小说的嗜好，很快地，传染给了我。记得有一天，姐姐的中学同学约她出去玩，我便到她床上枕边翻看她读的那些书。结果，好像是一本《简·爱》，意外地吸引了我，我竟趴在她的床边，一页页地读了下去，直到她玩完了回来，我还在那里读。

那时，作为一名初中生，我原来读的，大体上是些少儿读物，如美国童话《绿野仙踪》、苏联童话《哈哈镜王国历险记》、意大利童话《洋葱头历险记》……当然更少不了安徒生童话和格林童话。除了童话和民间故事，那时我喜欢读的小说有苏联盖达尔的《铁木儿和他的伙伴》《远方》《蓝杯》《鼓手的命运》、中国古典小说《西游记》，以及那时《少年文艺》杂志上刊登的一些短篇小说。当然，也读过《钢铁是怎样炼成的》《牛虻》等少数成人读物。是姐姐，通过她的假期阅读，把我正式引入了成人读物的天地，记得那时，一般是她先读，然后我接过去读，所读的，大体上分三类。一类是苏联长篇小说，如《远离莫斯科的地方》《茹尔宾一家》《钢与渣》

《青年近卫军》《虹》等；一类是外国古典名著，如《大卫·科波菲尔》《巴黎圣母院》《欧也妮·葛朗台》《卡斯特桥市长》《安吉堡的磨工》《贵族之家》《复活》《被侮辱与被损害的》等；一类是中国古今名著，如《红楼梦》《家》《骆驼祥子》《死水微澜》等。那时像《青春之歌》等后来风靡一时的当代长篇小说还没出现，所以我们读当代长篇小说不多。渐渐地，我们姐弟间也就读过的小说，很随意地交换些意见。当然，姐姐免不了笑我幼稚，我也免不了跟她抬杠犟嘴，但"开卷有益"，在独自默思与相对笑谈中，也就体现出来了。

初中生读《红楼梦》《复活》这类的文学作品，是否早了一点？我个人的体验是：只要阅读动机是以渴望了解世界、人生为主，又有年长的人加以指导，初中生读这样的文学名著，并不能算过早。现在的初中生即使在寒暑假，也难得有时间读读"闲书"了，我以为这种局面应予改变。现在城里的初中生，绝大多数都是独生子女，但同学之间，其实也还是可以结成我和姐姐那样的"读伴"，在共同吮吸好书精华的活动中，使心灵变得丰富而美好。

小颗颗

1950年，我八岁，随父母从重庆乘轮船顺长江而下，过三峡，出夔门，开始了盆地外的人生跋涉。

父亲原是旧重庆海关的职员。新海关创建后，他被留用。留用不久，重庆海关撤销，父亲被北京的新海关总署调去任职，这就连带着使我们全家从此成了北京人。

父亲那时对新社会的新生活，特别是分配给他的新工作，充满了喜悦与热情。他要求全家跟他一起轻装进发，到北京开创一种崭新的家庭面貌。所以，由他做主，除了最必要的衣物，我们家几乎把所有原有的家当都抛在了重庆。我的玩具，当然更在弃置之列。不过临到上船以前，我固执地把一盒"小颗颗"抓到了手中，任凭父母劝说、兄姐讪笑，硬是不松手，当然，后来大人们也就随我去，因为严格地计算，那时我毕竟才七岁半。我所谓的"小颗颗"，是一种现在仍在生产的玩具，也就是插画积木，在扁盒子里，是一个有许多均等小格子的插盘，刚买来时，插盘里左边约三分之一的格子里，会满插着染成红蓝黄绿几种颜色的长方形小木柱；在附带的说明书上，有若干种样板图案，教给你如何挪动那些彩色小木柱，变化出有意义的画面，如在海上行驶的巨轮、在天上飞翔的凤凰等；当然，你更可以发挥自己的想象力，也不必一定要用上所有的小木柱，自由自在地插出种种你向往的事物。这种玩具现在无论从制作材料上和设计创意上都有了很大的改进，并且已属于比较落伍的品种了吧，但当时于我来说，摆弄它，那真是无可替代的极乐。

我把那玩具变着法儿插了个心满意足之后，便开始了我个人的一种独特的玩法：我把那些彩色的小木柱称作"小颗颗"，而且，在我眼里，它们一个个逐渐地都变成了有生命的东西。有时候，我就取出若干"小颗颗"，把它们放在盖好的盒盖上，把它们——不，是他们或她们——排列组合，挪来挪去，嘴里还念念有词，或想象着那是在举行一场婚礼，红的"小颗颗"扮新娘，蓝的"小颗颗"扮新郎，其他一些"小颗颗"则分别是父母带我参加过的婚礼上的，我所能理解的其他角色；又或者是想象出在幼儿园里，黄的"小颗颗"是阿姨，许多绿的"小颗颗"则是小朋友，有的乖，有的不乖，乖的得到很甜的糖吃，不乖的被一边罚站等。亲爱的"小颗颗"们啊，我怎么舍得把他们抛下？即使那时我也很兴奋地闹着要快点去了不起的北京城。

在驶出重庆的轮船上，除了吃饭睡觉，我几乎总跟我的"小颗颗"形影不离。

由于"小颗颗"是我最钟爱的东西，所以按说玩了那么久，那么多的小木柱，总有百来个吧，任是爱惜，也难免弄丢几个吧，我却始终一个也不缺少。记得在重庆家里常常是不慎将盒子打翻，"小颗颗"滚了一地，我便会极认真地将他们一一捡拾清点。有一回有一颗怎么也找不到，我竟急得哭了起来，但晚上我终于还是爬到棕绷子大床底下，找到了"她"（那是红色的一颗），我高兴得就仿佛肩膀后面长出了肉翅一般！

好像是在宜昌，船要停靠比较久的时间，父母便带我们上岸去玩。我竟还是固执地带着我的"小颗颗"随行。比我大八岁的姐姐讥笑我说："哪个会偷你的'小颗颗'啊！怕是送给别人，人家还懒得要呢！"我和姐姐之间再没别的兄姐，所以她算是最接近我的玩伴了，也只有她还有心嘲笑我，家里其他大人早就失却了议论我那"小颗颗"的兴致。

那天从宜昌城里玩完，到码头登船的时候，具体是为什么，我已经说不出来了，反正，轮船是改停在了江心，归船的旅客们，不是像下船那样，从跳板即可上船，而是要乘小木船，渡到那大轮船边上，再爬舷梯登船。

我们全家和另一些旅客，同乘一只木船，往那大船而去。我清楚地记得，母亲牢牢地把我揽在怀中，她的体温，传递给我一种安全感。也许是船上人多，船舷压得低，江上的浪波，似乎随时要涌进船舱；我那时的身躯，应不及现在的一半大，因之我眼里的江景，便格外地雄奇。记得那已是黄昏时分，天色晦明，耸起的浪头，仿佛是露着牙的狗头，一浪接一浪，又似朝船里咬来，又似朝远处跑去；而更高的，简直是望不到顶的青黛真山，在那边承接着连绵不断的江浪，令我小小的心，充塞着神秘与惊恐……

就在那一天，那个傍晚，那条木船上，在母亲的怀抱里，我做了一件事：我取出了一粒绿色的"小颗颗"，将他抛到了江浪中……

　　那是真的，还不满八岁的我望着那抛出去的"小颗颗"，默默地在心里说：这就是我！我要看你，"小颗颗"，会怎么样……

　　怎么样了呢？记得，那"小颗颗"开头总在船边的一个浪峰上，显得很渺小，很害怕地晃荡着……后来，他就被运到了另一个浪头上；再后来，他越过一个又一个浪头，离我远去；没多久，便不见踪影……

　　当时，我为什么要那样做？至今我仍不能完全地解释自己的行为。

　　然而这个小小的举动，这江上的一幕，那瞬间的记忆，历经几十年了，至今鲜活于我记忆的空间。

　　后来我才懂得，"小颗颗"是木质的，他排开水的那份重量，大于他的自重，因此他不下沉，然而，那"小颗颗"，也便是我，能在江浪中壮游多久呢？世界是那么大，生活是那么复杂，前途是那么诡谲莫测，而他自身是那么渺小，那么脆弱，那么单纯，能适应吗？能成熟起来？能坚强起来吗……

　　"小颗颗"，绿色的"小颗颗"，他后来究竟哪儿去了？他会被一条鱼吞进肚子里，最后那鱼被人捕获，破肚开膛时，吓那家庭主妇一跳，或博餐馆厨师一笑吗？他也许根本没有荡远，没过几时，便被抛到了岸边的沙滩泥涂里，夹杂在卵石中，烂掉……当然，他也有可能顺江而下，历经曲折艰险而又威武雄壮的途程，最后竟终于跟随着那泱泱江浪，奔入浩瀚的海洋……

　　当然，这都是我告别童年时代以后，在我生命历程的某个得以沉思默想，特别是从记忆深处拎出一些仍有营养的"草料"来反刍的间隙里，常有过的叩问与思绪。

是的，现在我坚信"小颗颗"没有被吞噬也没有委身泥沙，他应当仍在潮流中挣扎，既因渺小而不能不随潮漂荡，却也因他是有心灵的存在物而拼命地朝着自己寻求的方向涌进；随着时代的主潮而终于进入大海，于他来说并非是一种妄想，乃是一种值得赞许的既甜蜜也酸辛的努力……

到了北京以后，那盒只少了一粒的"小颗颗"的玩具，我还保存了很久。大约是在 1960 年，我父亲调往张家口解放军外语学院任教，父母把北京的家撤了，搬往那塞外古城，他们只给我准备了一只人造革包皮箱子，还有一个被褥卷，让我住进学校的集体宿舍，去独自生活。大概那时我才终于抛弃了我所保存的那些童年与少年时代的杂物，包括那盒"小颗颗"。

人在一生中，是必得一再地做减法的。整盒"小颗颗"的减去，实在也只是微不足道的一件事。我后来减掉过更多似乎是很有纪念意义的东西，都不足惜。

只是心灵深处的记忆不能减掉。永远记得那个傍晚，我把一粒"小颗颗"抛进浩荡江浪中的情景。我与那"小颗颗"，是一是二？

忆及此，我心中充溢着对命运的敬畏，也勃动着与命运抗争的激情。

1996 年 3 月 20 日凌晨于绿叶居中

吹笛不必到天明

电子邮箱里忽有古尧邮件。别后一年我对他已淡忘于江湖。他不称我老师也不书我名字，直截了当地奉上一首从宋代词人陈与义《临江仙》那里化来的：

> 忆伯爵厅[1]厅中饮，坐中师生豪英。长沟流月去无声。杏花疏影里，吹笛到天明。
>
> 四十余年如一梦，此身虽在堪惊。闲登小阁看新晴。古今多少事，渔唱起三更。

阅后，轻易不再感动的我，不禁愣神良久。

---

[1] 伯爵厅，兰特伯爵西餐厅，厅中饮虽是一年前，师生之分已有四十余年。

其实四十年前我在中学任教时，古尧并不是我班上的学生，只是偶然的机缘，我们对上了话，后来我结婚搬到一个小杂院居住，他来聊天方便，成为常客。据他后来说，我跟他的闲聊，形同宝贵的授课，先不说什么灵性开发，仅举小小一例：我告诉他美国西海岸的旧金山，其实按音译是圣弗朗西斯科，为什么许多中国人又称它三藩市呢？因为早期被运到那边修铁路的华工，多是广东人，粤语将圣弗朗西斯科快读，缩音即如三藩，至于为什么又称旧金山，新金山又在哪里？我也有一番说辞。在当时那种封闭禁锢的社会环境里，古尧那样的学生听了我诸如此类课堂上绝无的杂言碎语，竟如聆梵音。古尧那时常感叹："什么时候，我能到美国看看呢？"

　　三十年前，古尧的向往竟化为了现实。1978 年至 1988 年，是我、古尧，以及许许多多中国人时来运转的黄金十年。古尧那在他九岁时死去的父亲得到彻底平反。他的母亲先官复原职，后来更升任为正职。古尧上完大学，获得美国方面的奖学金，可以去读硕士。父亲的平反虽然大快家人之心，却并无经济补偿，母亲虽然正局级，那时候薪金应付一家日常开销不成问题，积蓄就还很微薄。古尧来找我。那时候我已经住进挺不错的单元房，是北京市文联专业作家。古尧说去美国留学，万事俱备，只欠东风，东风就是一张飞往美东的单程机票。我和妻子一同招待他。听他这么说，忙问他那机票需要多少钱，他说支援他两千元人民币就行。我和妻子不禁对望一眼，都绽出了微笑。妻子就去另屋取来一个信封，递到他手中，我说："刚领到的，长篇小说《钟鼓楼》获茅盾文学奖的奖金，正好这个数。"古尧接过去，也不道谢，只是笑："巧巧巧！"如今茅奖奖金已经是五十万了，但我不以当年的两千元为少，因为那笔奖金玉成了一个有为青年及时赴美。

古尧飞去美国以后，我们联系很少。他攻读一种很冷僻的学科，叫什么分析物理，和二十世纪八十年代他们那一茬改革开放初期的留学生一样，勤工俭学，洗盘子、送外卖、摘苹果、搞搬运……吃尽苦头，终于尝到甜头。他先后获得硕士、博士学位，并谋到一份高端研究的工作。其间他回国几次，一次是和对象成婚并将她接到美国，一次是他母亲去世回来奔丧，都蜻蜓点水般到我住处来小坐，第一次回国时他就将当年的机票钱还给了我，我说正好作为他结婚的礼包，他坚拒。我们重聚的时间虽然短暂，却依旧谈笑风生，他没大没小开玩笑，我没心没肺侃大山。

2006年我应华美协会和哥伦比亚大学之邀赴美讲《红楼梦》，和定居在休斯敦的古尧取得联系，他热情邀我到得州一游。我从纽约飞到休斯敦，刚走出活动通道，就见他站在通道口迎候我，见面第一句话是："我父母双亡，你来，就是家长的待遇。"他开车接我到他家，他妻子女儿都热情接待。住的是典型的美国中产阶级家庭的两层独栋小楼，后院是游泳池。畅叙种种，泳池嬉戏，又一起到姚明开的餐馆品尝"姚妈红烧肉"。古尧驾车，带我去得克萨斯州首府奥斯汀，我对奥斯汀那酷似华盛顿国会的州府大楼不感兴趣，我热衷的是短篇小说圣手欧·亨利那栋小小的故居，流连多时，浮想联翩。后来我们又去了因肯尼迪被刺而闻名的达拉斯和有条河流贯穿全城的圣·安东尼奥，我们乘游览船欣赏了两岸旖旎的景色。我们游得非常开心。但是美国那时经济下滑，古尧陪我参观宇航中心，他脖颈上挂有工牌，可以免费，因为他所参与的研究项目，属于宇航中心管辖，但就在他兴致勃勃地给我讲解时，接听到电话，让他立即上交工牌，他匆匆离去，他再回来的时候，已经是购票进入了。见我忐忑不安，他安慰我："我们那个项目被撤销了。谁让经济不景气呢。其实一个月前已经通知了，我没跟你说。没想到恰在这个时候收我工牌。"接着他有句"京骂"，但脸上仍笑嘻嘻的。

送我返纽约，古尧跟我说："你别惦记我。等我一个'伊妹儿'吧。"

他的那个"伊妹儿"，一等就是七年。美国经济复苏很慢。古尧到处求职，不断碰壁。妻子难免抱怨。送女儿读名牌大学，需费不菲。尽管宇航局方面赔偿的遣散费不少，毕竟不能坐吃山空。天无绝人之路。终于古尧一个简短的"伊妹儿"告知我："获得大学物理教授教职。假期将到北京。"于是有2014年冬他来京的相聚。他住我家。老伴儿已逝，我是鳏夫。他是孤儿。鳏夫孤儿，并不落寞。随意挥洒，言谈无忌。约了当年他同班并一起到农村插队的同窗，也是当年就跟我交往的，在一家以慕尼黑啤酒和德式香肠为特色的西餐厅欢宴。他的几位同窗都对我执弟子礼甚谨，独古尧仍没大没小，跟我逗贫嘴。那晚我喝得也不少。好在餐厅离我居处不远，我和古尧醉中相扶而归。

古尧和我谈到过几年退休的事。我不知不觉也就跟他谈及衰老死亡等事。我们谈及后来的留学生，二十世纪九十年代出去的，大体还是他们八十年代出去的那个路数，但是二十一世纪去留学的，多有家长陪同，或数家人委派一人陪同，有的刚入学就买好了房，更开上了新车，只有叫外卖的哪有送外卖的，融入那边社会快，失却民族传统也快，我和古尧谨慎置评，却也一同感叹岁月流逝中的人事变迁。

古尧近日发来的电邮（我还是宁愿称电子邮件而不称"伊妹儿"，细微处可见我们毕竟是两代人置身两种社会环境），改宋词咏叹，我觉得未免过于悲凉。我原来把伤感当作提升心灵的助力，现在却很怕伤感。"杏花疏影里，吹笛到天明"，这意境不大能接受，笛声虽好，哪耐持续到天明？月光里有阵笛音，然后就消停，就"长沟流月去无声"，更能稳固我内心的平静。让我们常葆人性中的良善。经历过太多，期望就免奢。

2015 年 11 月 6 日　绿叶居

远去的风琴声

　　1950年冬，我随父母从四川迁来北京，插班上学成为一个问题，住家附近的公立学校插不进去，只好先上私立小学，先上的那所私立小学就在我们住的胡同里，但是它因陋就简，竟然连风琴也没有。我上学的事情由母亲操办，她经过一番努力，终于把我送进了公立的隆福寺小学，那小学离我家稍远，母亲带我去报到那天，刚进校门，就听见音乐教室里传出风琴的声音，母亲额首微笑，她认为风琴伴着童声齐唱的地方，才是正经的小学校。

　　这里所说的风琴，不是手风琴、口琴，当然更不是管风琴，而是指那种立式的踩踏板、用手指按琴键发出音响的管簧乐器，它外形跟钢琴很相似，但钢琴是键盘乐器，虽然也有小踏板，弹奏时是要用手指敲击琴键，发声原理不同，乐感也不同。

　　那时候学生还不称教课的为老师，而是称先生。有天放学我就随口说起："'小嘴先生'教我们唱《二月里来》啦！"我觉得那首歌很好听："二月里来呀好风光，家家户户种田忙，指望着今年的收成好，多打些五谷交公粮……"我在城市里长大，想象不出"种田忙"是什么景象，更不懂什么是"交公粮"，正想跟妈妈问个明白，妈妈却先批评我："不许给先生取外号！"我就辩解："又不是我给取的！同学们背地里都这么叫她，她嘴巴就是特别小嘛！"妈妈说："我记得她姓因，你就该当面背地都叫她因先生！"我就笑了："咦吔！妈妈，你也咬不准人家那个姓啊！她姓英，不姓因！"我们四川人，分不清韵母 in 和 ing，一般都只发 in 的音，另外，也分不清声母 l 和 n，一般只发 l 的音。母亲虽然早年曾在北京生活过，但毕竟母语是四川话，我们全家到北京以后在家里也是讲四川话，这就使得我们的普通话虽然都讲得不错，但一遇到有这两个韵母和声母的字眼，还是难免露怯。

"小嘴先生"，现在回忆起来，是一个美丽的女子，她的嘴，是名副其实的樱桃小口，有趣的是她偏偏很会唱歌，唱的时候小嘴张得圆圆的，声音非常嘹亮。她总是踏着踏板、按着风琴教我们唱歌，不时扭过头来望望我们，这时我就特别注意到，她那张小嘴真的很厉害，发出的声音往往会压倒全班同学的合唱。

她有时候会让某个学生站起来独唱，不一定是把整首歌唱全，多半会让你唱几个音节，通过纠正你的唱法，来教会大家把歌唱好。上到六年级的时候，有次她就点我的名，让我唱《快乐的节日》。那首歌第一句是"小鸟在前面带路，风啊吹向我们"。我站起来，闭紧嘴，就是不唱。"小嘴先生"就问："你为什么不唱啊？"我说："要唱我就唱《我们的田野》。""小嘴先生"更惊讶："那又为什么呢？"

有个同学就故意学舌："小了在前面带路！"他就知道我发不好"鸟"的音。"小嘴先生"明白了，微笑地看着我，对我说："不要慌。不要怕。要敢张口。要敢咬字。对了，老早我就教过你，叫我英先生，不要叫我因先生，跟着我说（她吐字用力而且很慢）：因为、英雄、印刷、影子……这次，再跟我说：小鸟、了解、列宁、树林……"我心里抗拒，咬嘴唇，一些同学看"小嘴先生"很尴尬，忍不住笑了，"小嘴先生"却一点也不生我的气，对我说："好的，刘心武同学，欢迎你唱《我们的田野》！"《我们的田野》那首歌的歌词："我们的田野，美丽的田野，碧绿的河水，流过无边的稻田，无边的稻田，好像起伏的海面……"直到后面才有一句里出现"雄鹰"，绝少 in、ing 和 l、n 的困扰，我就唱得格外舒畅，唱到第三句后，"小嘴老师"就去按风琴伴奏，后来又示意同学们一起合唱，唱完了，她对大家说："今天刘心武唱得真好，我们都为他鼓掌吧！"同学们就鼓起掌来，有几个男生还故意在大家的掌声结束后，再拍响几声。《我们的田野》成为那时段我最喜欢的歌曲。

　　1984 年，那时我已经成为一个作家，应邀到联邦德国（西德）访问，我带去了根据自己同名小说改编拍摄的电影《如意》的录影带，我所参加的那个活动允许我另带一部中国电影放映给大家看，我毫不犹豫地从电影局借出了谢飞导演的《我们的田野》，那是部表现中国"知青"命运的电影，以我们童年时代熟悉的歌曲《我们的田野》的旋律贯穿始终。我所带去的两部电影录影带投影放映时，观众不多，但映后反响都不俗。就在放映《我们的田野》过程中，我忽然忆起忘记很久的"小嘴先生"，耳边响起她循循善诱的声音——"跟着我说：因为、英雄、印刷、影子……再跟我说：小鸟、了解、列宁、树林……"，在异国他乡，那幻听勾起我浓酽的乡愁。

　　直到二十世纪八十年代，小学校象征之一，仍是风琴伴奏下童声齐唱的音韵。1985年我回四川，在一个翠竹掩映的山村留宿了一夜，那个村落在丘陵最高处，村屋大多以石头作础、竹墙糊泥刷粉、茅草作顶，室内就是泥土地面，床边桌下会拱出竹笋，看上去很美，但城里人多住几日就会感到不舒服。我是借住在乡村小学的那排房子里，跟一位什么都教的山村教师同室而眠。那一夜我睡不踏实，是因为不适应，他却为什么也辗转反侧、失眠许久呢？原来，第二天，会有一架风琴运到学校来，而他，兴奋之余，却又惶恐，因为他一直都是吹口琴教学生唱歌，并不会按风琴，他曾来回走一百多里去县城，在新华书店里，买到一本教授风琴演奏法的书，书几乎已经被他翻烂，但毕竟还要在实物上实践，才能真的演奏成功啊！那天午前，山下一阵"嘿咗嘿咗"的号子声，我停下水彩写生，忙去观察，只见那老师和队里的几位壮汉，正把用麻袋片裹妥的一架风琴，顺着弯成几折的石梯坎，往上面小学校抬来，那矮黑精壮的老师，满头满身全被汗水打湿，但是一双眼睛里，抑制不住快乐的光芒。不仅是孩子，凡当时在村里的男女，全都迎上去，那架风琴的到来，成了山村的一个节日！第二天早晨，我随小学校师生，以及围观的村民，在那老师的风琴奏起的国歌旋律中，看学生干部将一面国旗升起在毛竹制成的旗杆上，那老师的演奏还不怎么达标，但其声响十分庄严。下午我离开的时候，教室里传来老师按着风琴带领学生齐唱《大海啊，故乡》，节奏不那么准确，每一句师生耐心地唱过重来，当我走出很远，还能听见他们那质朴的歌声。

　　1987年，那时候还没有出道的杨阳来找我，说要把我的一个短篇小说《非重点》改编拍摄成电视剧，那年头，单本电视剧是常规的存在，像我的长篇小说《钟鼓楼》改编拍摄成八集的连续剧，就认为是很长的篇幅了。《非重点》讲的是一位家长千辛万苦把自己的儿子转到了重点学校，结果却发现那非重点学校的班主任老师非常优秀，儿子跟那老师难舍难分令他惊诧之余内心震动的故事。杨阳那时候在我眼中还是个小姑娘，她的处女作杀青以后请领导审查，坐在后排的她不禁有些紧张，她后来告诉我，当播放到四分之三时，她发现审查者摘下眼镜，掏出手帕揩眼角，于是她心里一块石头落了地。那以后杨阳的作品接踵推出，斩获许多奖项，现在已经是资深的影视名导了。上个月我们约着见面，聊起来，我就说现在还记得她在那剧里有一段，是老师踏着风琴引领孩子们唱歌，她说正是在那个节点上，当年的审片者眼睛潮湿，她是刻意用风琴伴奏的稚气童声来烘托师德之美。但是杨阳告诉我，现在如果剧里要出现那样的风琴，得让剧务去找专门的道具公司租借了，那种公司出租一切当下几乎已经淘汰掉的旧日物品，包括第一代电视机、第一批被称作"大哥大"的手机、第一拨台式电脑等。是呀，现在小学校的音乐教室里，钢琴已经取代风琴多年了。

　　我从 2005 年到 2010 年，应邀到央视《百家讲坛》录制播出了《刘心武揭秘〈红楼梦〉》系列讲座共六十一集，到现在其视频和音频不仅可以方便地从电脑上获得，也可以通过手机收看收听，影响还是蛮大的。坦率地说，还是挺有成就感的，但是，就在前些天，我在微博上看到这样一条评论："听刘老说，绛珠仙草追随神瑛侍者下凡，只修得一个驴体，哇塞，吓了我一跳！"我想说的是"女体"，却让人听成"驴体"，什么发音啊，见此条微博立即脸热。其实我在讲座里，in、ing 不分，l、n 不分的地方还有不少，但以此处的错音最为搞笑！蓦地就忆起了英先生，她当年是何等苦口婆心地教诲我啊，我现在能以"毕竟乡音最难改"为自己辩护吗？英先生如果健在，该往百岁去了，岁月会流逝，生命会衰老，立式风琴会式微，远去的风琴声难以复制，但那以真善美熏陶人心灵的师德，却是永恒的光亮。

2015 年教师节前　绿叶居

框住幸福

接到惠姨电话，问我什么时候得闲，她要给我送些镜框来。惠姨虽是远亲，可是父母在世时，常来我家，待我很好，记得我的头一本《安徒生童话集》，就是在我十二岁生日，她送来的生日礼物。后来我们来往越来越少，最后一次见面，是五年前她老伴儿去世，接到通知后，我和妻子捧了一篮白菊花去她家，很安慰了她一阵。前年她退休了，倒也过得安闲自在。近年来我们只是在春节时互通电话拜年，没想到这跨世纪后的春节期间，她忽然说要来我家。

惠姨来，当然欢迎。但她不说来拜年，说是送镜框，这却颇费我们猜疑。妻子说，她是长辈，论拜年应该我们去她那儿，她来，自然不说是给咱们拜年，但她来还要带镜框当礼物，这就未免太客气了，干脆，还是再去个电话，咱们提些营养品，去她家吧。我就给惠姨打电话，按妻子的口径说了。惠姨说那不好，因为那天她不只来我们家，还有附近几处亲友，她都要去送镜框，我只好依她。放下电话，我恍然大悟，一定是惠姨退休后手头不甚宽裕，借着身体尚好，揽了哪个公司的活儿——推销镜框。这倒也不足为怪，无可厚非。

约好的那天，惠姨来了。虽有思想准备，还是让我们大吃了好几惊。首先是，她不像是她，倒像她那在武汉安家的闺女，眼角虽有明显的鱼尾纹，脸颊却泛着天然的红润；脱下天蓝色羽绒服，现出一身贴体的玫瑰红保暖运动服，她那腰身不仅不显肥胖，竟比五年前苗条了许多；乌黑的头发她说是才染过，但依然丰茂，样式也不古板；问她坐什么车来的，竟回答是骑自行车来的，说是既健身，也好驮装镜框的大提包……我不禁笑道："呀，真不知道来的是阿姨还是表姐了！"

落座沙发上，呷了几口妻子送上的香茶，惠姨就兴致勃勃地打开提包，掏出若干镜框，让我们挑选，她说："你们喜欢哪个留哪个！"那些镜框大的可装十二寸相片，小的可装四寸相片，所有木制镜框都保持原木颜色，那正是我和妻子都喜欢的雅致格调。她不住地笑问："怎么样？好吗？喜欢吗？"我和妻子交换了个眼色，连连赞好，有意多挑了一些。看我们真的喜欢，几乎每种尺寸、样式的都至少挑了一个，她爽朗地仰脖笑了："好！好！我没白来！"妻子搬出更多的零食招待她，我把为她准备好的营养品提到她眼前，对她说："惠姨，这只是一点小小的心意……至于这些镜框，您也别优惠，该多少是多少……"惠姨的笑容忽然定了格，几秒钟后，她先是敛了笑容，轮流看我和妻子的眼睛，然后，她忽然大笑起来，把拳头砸在了我肩膀上，高喊："你们呀！想到哪儿去啦……"

误会很快消除。原来这些镜框全是惠姨自己制作的，起初，她只是为了怀念老伴儿，老伴儿生前业余喜欢做细木工活，留下了一匣子工具，还有许多的木料；后来，她觉得制作镜框既健脑也强体；再后来，她从中获得了极大乐趣，沉浸在美的境界里；近来，她心里头更翻腾着一种激情，就是要把自己的幸福感和快乐情绪，尽快地与亲朋们分享……

　　坐在我们眼前的惠姨，原来是一个幸福而快乐的生命。我原来总觉得，在眼下这样的一个时空里，持久的幸福感与快乐情绪是可望而不可得的。温饱无虞，却总觉得自己所得还不够多，向往成功形成焦虑，有所成功却又这山望着那山高，焦虑度反倒更深了；凡付出劳动的总想谋求最高的报酬，凡不能上市的事物就都不愿投入；自己的幸福快乐总怕享受不了多久，不但没有与人分享的冲动，而且对别人获得的幸福快乐按捺不住妒火中烧……

　　惠姨告别我们，又给别的亲友送镜框去了。妻子立即挑选照片往那些镜框里镶嵌，不住地举起选出的照片问我好不好。我却还坐在沙发上咀嚼品味惠姨来访所馈赠我的心灵营养品。幸福的向往不该是无边的。一位大富豪前些时日为什么跳楼自杀？其实即使他的财产大缩水乃至破产，如能甘心回归到一般人的温饱生活，仍可心灵欢畅，但他的欲望只能往无边沿的深邃处膨胀，而完全不能由朴素的健康心智将其框定在适当的弹性范畴里。是的，我们要学会框住幸福，它应该由健康、自足、乐观、与人为善框住。

这朵花儿叫喜欢

前些天看电视上转播京剧票友大赛，一位年轻的女士演唱了程派名剧《春闺梦》选段，那游丝腔婉转幽咽，甚有韵味，主持人问她跟谁学的，她说并没有人教她，只是有盘磁带，反复听，来回吟，也就唱下来了。主持人表示吃惊，这样的流派唱腔，如此吃重的唱段，居然靠听磁带便驾驭下来了，问她成功的诀窍是什么，她微笑道："因为喜欢。"

我们生命的意义之一，是审美。这一点常被不少人忽略。不管你发了多大的财，如果始终不能自觉地享受审美的快乐，那你的人生就存在着重大的缺陷。而真正的审美境界，是无功利性的。那位演唱《春闺梦》选段的票友，虽然参加了大赛，上了电视，并且能与当红的专业演员同台演唱了另一程派名剧《荒山泪》的选段，得了奖项，博了掌声，但除了她的亲友邻里同事，大概不会有多少看电视的人会记住她的姓名，"春梦随云散，飞花逐水流"，事过境迁之后，她多半还是回到其生活的常态中，继续作为一个业余爱好者去亲近京剧。一位专业京剧演员对我说，她很羡慕这样的票友，因为完全是出于心里喜欢而亲近京剧，她自己呢，当然也喜欢这一行，但面对票房的不景气，评奖评职称的压力，改行去演电视剧的同科者的蹿红，为适宜旅游者猎奇眼光不得不参与的肤浅演出……便往往弄得没了喜欢，只有厌倦与烦怨。

能把自己的本职与喜欢融为一体的人，是大福气人。但一般来说，本职里面总难免功利当头，说高点是社会责任，说低点是养家糊口，即使不名利熏心，总不能不计投入回报，恐怕很难一味地只是审美愉悦。因此，在本职以外，开拓一片无功利因素的业余爱好空间，便成为我们生命中不可或缺的一环了。但一般人的业余爱好，还只停留在健体养生、调节心理的层面上，还不懂得通过审美的生命体验，去获得大喜欢、大自在。

我在郊区的书房，离北京东北部的温榆河中游不远，趁着秋高气爽，我去那还有些野趣的河边，画了不少水彩写生。我没受过有关的专业训练，谈不上画技，全是率性而为，但画时觉得通体舒坦，仿佛温榆河河边那些拂地的柳丝、摇曳的芦花、密集的红蓼……全都在跟我窃窃私语；画完回去把一幅幅还没干透的水彩画随意摆放在书房各处，在音响播放的爱曲中仔细欣赏，自得其乐，如翔云霄。

昨天看电视，偶然看到上海卫视的一部纪录片，介绍一群平均年龄五十岁左右的妇女，多半是些退休与下岗的职工，她们组织了一个舞蹈队，请了一位舞蹈教师，是个三十多岁的男子，这位舞蹈教师并非科班出身，也没有专业演出经验，原是一家食品店里负责水果专柜的售货员，他因为喜欢舞蹈，自己照着电视里的舞蹈节目和有关录像带，对着家里的穿衣镜模仿揣摩，居然不仅能跳人家演出过的舞蹈，还能编出一些舞蹈，教给那一群妇女，她们都感谢那比她们都年轻的男老师，令她们圆了青少年时代的梦；现在那舞蹈教师就靠她们集资付与的不算多的酬金维持生活，那是一种清贫而有尊严的生活，从镜头上可以看出，他满脸满心喜欢。于是我想，我之于绘画，与他之于舞蹈一样，都没有科班赋予的基本功，但因为实在喜欢，所以也许画出的跳出的毕竟就脱出了匠艺而蕴含了纯真，与那听录音带而唱下了《春闺梦》的女子的声腔一样，自得其乐而外，也能给别人些许快乐。

于是我决心趁秋色斑斓，再画些温榆河景色，哪天约几位至好到乡村书房小聚，开个私家画展悦己娱人。在河边我遇到一位散步的离休干部，他采了朵银色的小花插在夹克衫胸兜里，我问他："您采的花儿叫什么名儿？"他笑得脸上的皱纹也仿佛一朵风中的花，回答我说："这朵花儿嘛……就管它叫喜欢吧！"难得喜欢！你心上有这么朵花吗？

第三辑

给心房下一场雪

青春不怀旧

怀旧是一种很容易随着岁月的增长而滋生而膨胀的情绪。人过中年以后，这种情绪便会经常浮到意识的上层，而人到老年，则很可能整个儿由怀旧之情统治全部的心境。一般来说，这很正常。对于个人来说，怀旧是一种对人生况味的反刍，是一种心灵的享受，也是一首无音的妙曲。完全无旧可怀的老人，要么他的思维能力已然轰毁，要么他是个极为不幸的人。

但青春期里，如果总是产生出酽酽的怀旧情绪，我以为就不好了。我认识一位大学生，她入学一年多了，却还不能适应大学的生活，总是没完没了地怀念中学的同班同学。其实上中学时是走读，和同学的接触也紧密不到哪儿去；上大学后是住校，同宿舍的女生几乎天天生活在一起，别的几位同宿舍的女孩子很快成了舍友，唯独她总是闷闷不乐、格格不入。她一得闲，不是去和大学的同学交往，却是给中学的同学写信，或打电话。开头她寄出的信必能很快得到回信，后来，回信就来得慢了，有的，她接连写去几封，却有去无回，气得她一个人暗哭。她给中学同学打电话，经常找不见人，好不容易对上话，人家总叽叽呱呱讲些人家那个大学里的事，又没完没了地问她她们那个大学里的事，而她只想跟中学老同学回忆中学里的一些趣事……结果是话不投机，电话越打心里越酸。她也曾在星期天兴冲冲老远地跑到中学老同学家去，谁知一进门就发现人家正跟几个也是到宾馆当了服务员的同龄人热热闹闹地挤在沙发上看录像，人家都欢迎她一起玩，她却只坐了一小会儿就跑出来了，出了人家家门她咬着嘴唇在风里走了好几站路，心里特惆怅，直想哭。

这位女大学生，她的感情，完全固定在了中学生活中，简直再不能挪移到新的环境新的生活里去。她的怀旧，从道德的角度，不仅无可指摘，甚至还可以赠之以纯洁、真挚、美好等褒词，但从心理的角度，却只能说是一种有害的偏斜。对于一个处在青春期的个体生命来说，心理上不是不可以经常地"回望"，但青春的心性，应是更多地热衷于新的天地、新的角色、新的人际、新的尝试、新的体验，乃至于新的开拓、新的冒险、新的花样、新的浪漫。对于中学的同学，在进入了大学之后，当然仍可并一定会有少数人能维系住较久远的联系，甚至成为终生不渝的朋友，但大多数，是应当并势必要逐渐脱钩的。大学毕业后，对大学的同学，亦应是同样的一种任生活之筛筛取的态度。人从青年到中年到老年，一般都会转换若干次人生舞台，不是道德上的"喜新厌旧"，而是作为社会人的正常生活方式和心理结构。只有到了老年，当一切都如百川汇海，停止了奔流状态，退出了社会旋涡，虽仍可能波澜壮阔，那倒无妨充分地怀旧，把往昔的人和事反刍个够。

所以我说，青春不怀旧！前面还有漫漫长路的青年朋友们，唱着豪迈的歌开步走吧，且不忙回头眷念！

深夜月当花

　　那天，一位平时并不怎么来往的私企老板打来电话，非要请我吃饭，我说我最怕生人熟人一锅煮的豪宴，而且更怕那种没有窗户的单间，在那种场合我总是无论生理还是心理上都会感到气闷。他言辞极为恳切地说只请我一个，而且由我挑地方，希望我千万别拒绝。我跟他在一家中档饭馆会合，在大堂里挑了个靠窗的小桌，坐下来以后，见他那深情，我憬悟，他找我，纯粹是为了倾诉一番。

　　要了啤酒，又点了几样汤菜，我倒喝了吃了不少，他呢，只顾说话，酒喝了些，汤菜几乎没怎么动箸匙。开始，他亢奋地陈述，后来冷静地分析，我对他所陈述的那些融资方面的事情完全不懂，他的那些分析更成了对牛弹琴，但我知道，他需要我认真倾听，需要我把他的所有话语照单全收于耳……最后，他表情开朗起来，转入了自我解嘲，我就知道，他请我吃饭的目的圆满实现了，而我，以毫不见怪地倾听，伴之以必要的沉默，也完全配合了他的心理态势，那是我们认识以来，相处得最融洽的一次。

人在生活里，难免会在事业、家庭、感情等方面派生提出心理问题，一般的心理障碍，都可以依靠自己加以缓解或消除，但完全以独处舐伤的方式，收效往往不佳，找个倾诉对象，让其承接自己对现实处境的梳理、分析、衡量、判断，则常会产生意想不到的良效。那位私企老板在经营上遇到了麻烦，关于他融资过程里与合作者发生龃龉的事情，且被多事的记者公诸了某小报头版，其实那样的报纸那样的消息未必有多少人重视，但于他而言是一桩刺心的事，剔除那根心刺的头一步，就是得找个与他的生意完全不相干，而又善解人意的，平时淡如水的朋友，来承接他的宣泄，我蒙他选中，认为是个能在这一点上帮助他的人，于是才发生了上面饭馆相聚的一幕。

心里别扭，找至爱亲朋倾吐，接受他们的安慰忠告，当然很好，但人有时候心上挽出了结儿，反倒是最不适宜先找亲友同人宣布讨助，像这位私企老板的情况就属这类，他若先找妻儿把生意上的危机加以铺陈，或先在公司同人中急于求策，那不但自己心中的结会急速收紧，亲人同人的心里本来没结，却会由此打上结，弄得自己和周围的人全都"心有千千结"，那还不越搅越乱！但一个人躲起来苦思冥想也绝非办法，把我这样一个利益上跟他毫不相干，却又愿意广交朋友以开阔视野、积累素材的作家约来，一吐心中郁闷，从容调整心态，虽不一定能立奏奇效地解开心结，但他最后能转入自嘲，这自嘲你可别小看，一个苦闷中的人能从浓酽的烦恼怨愁里化解出缕缕澄明清凉的自嘲来，这就说明他心里的那个结不再是个死结，而是开始松动，有望解开，恢复其心理健康了。

唐代李商隐有两句诗："晚晴风过竹，深夜月当花。"倘若是至爱亲朋向自己倾诉苦闷，因为彼此了解深、情况熟，那当然可以提供若干劝慰、建议，但若是平时并不怎么密切的人士找上门来，那就该懂得，他或她是"深夜月当花"，你要很认真地倾听，充当"解语花"的角色，但你心里又该明白，其实你只是个具有代偿意义的"夜月"，你完全不必絮絮地回应，不必热心过分地慰勉，尤其不必强己所难乱出主意，你就静寂无声，给他个"月光如水水如天"的心理环境，便足以使他心结松缓，感激莫名。

在人际交往中，"深夜月当花"可以是相互的，把握倾诉与倾听、倾听与回应，特别是倾听与沉默的度，使其恰到好处，是有利于人们心理健康的。

给心房下一场雪

人生旅程，难免遭遇干旱，有炎夏的干旱，也有冷冬的干旱，相比而言，冬旱更令人气闷，会导致心房里淤塞着猬刺般的焦虑，这时候，你该自觉地，给自己心房下一场雪。

是的，人们都在说，现在进入了一个竞争的年代，每个人都该不畏竞争，勇于投入竞争，争取在竞争中成为赢家，跻身于所谓"成功人士"行列——这些话并没有错，但说得并不全面，并不准确，全面而准确的说法，应该在强调竞争、奖励赢家的同时，还必须强调要建立起保障。因为并非违反了竞争原则，而成为弱者、输家的那些社会成员，他们也应该获得为人的尊严，并享有社会财富基本配额的权利。这是在竞争的旱季里，整个社会应该落下的透雨、飘飞的瑞雪。

但我们自己，不能只是消极地等待社会的雨雪，我们自己，要在心房里给自己下一场雪。那飘飞的雪花，以自知之明凝成，也就是不要对自己苛求，不必在竞争中给自己定下那么高难的名次指标，需深深地懂得，冠军、亚军、季军固然可喜可贺，能跻身于前八名也相当荣耀，而能在前一百名里，亦足可自豪，就是仅仅及格，只要自己尽了心，努了力，也无妨为自己干上一杯！

那心房里的雪花，如自然界的雪花一样，营造出一个洁白的世界，去掉嫉妒，摒弃狭隘，对他人的成功，只要那确是其努力的成果、才智的发挥，即使不为之鼓掌欢呼，也大可一旁为之高兴。深知这世界不可能人人第一，个个拔尖，不可能一律成功，不可能统统获得等量的财富与名声，差别是永远存在的，层次是难以抹平的，我们所应感到义愤填膺、坚决反对的，是不在一个起跑线上开跑，是竞争规则的不合理，是竞争过程里不公平的裁决，是黑的操作、违规乱来，而并不是冲过终点线有先有后，以及社会对先到者的奖励。这样的心房雪花，能使我们化解掉因落后而生出的焦虑，使我们经过一段拼搏后，能接受呈现于面前的，不那么令我们满意的现实处境。

人生对于我们，只有一次。个体生命不能脱离群体而生存，而群体共存的较佳原则，是公平竞争，这是我们应该认同，并投身其中的，人类的文明积累，也因此而日渐丰厚；但我们生存的意义并不仅仅局限于此，我们还应自觉地享受群体竞争之外的人生乐趣，那是超越名次地位，超越学历职称，超越金钱财富，超越所谓成功与失败的界定，超越他人的评价，并且也超越自我评估的。那至为宝贵的，属于自己的人生乐趣之一，也是给自己的心房来一场白蝶飞舞般的瑞雪，那些雪花可能是亲情、友情、爱情的回味，可能是童年往事的追忆，可能是生命历程中许多琐屑却璀璨的闪光点，可能是唯有你自知自明，或者竟暧昧莫名的某些隐秘情愫……

　　不要喟叹人生旅程中遭遇冬旱，快，快在自己心房里下一场滋润生命的瑞雪吧！

坐下来，笑一笑自己

岁月匆匆，又是一年将尽。

年轻的朋友，你有何感想？

一位年轻的朋友说，他没有感想并且不打算感不打算想。其实他是不敢想。不敢坐下来细想想青春的岁月是多么珍贵，不敢哪怕是粗略地计算一下已将结束的一年里的得失，不敢哪怕是囫囵地筹划一下即将到来的一年里的进退。为什么不敢？其实在他心灵的深处，也恰恰是深刻地意识到青春易逝、岁月难返，他企图以不感不想的消极态度麻醉自己，且随波逐流地再过上一段再说。

对这位年轻的朋友，我竭诚地奉劝他还是要勇敢地面对流逝着推移着而且迎面驶来的岁月，在这年终岁尾，坐下来给自己算算账，洗洗尘，张望张望前程，筹划筹划来年。

另一位年轻的朋友则告诉我，她早已开始作一年的总结，并制订来年的计划。但她一向我报告那自我总结，便使我随之产生一种沉重感乃至沉闷感——那真是未免太严肃也太烦琐了。说实在的，如果扣上一项"形式主义"的帽子，也并不过分。比如她检讨到自己的外语学习上的不刻苦，就非拿奥运会上拿金牌的陆莉作比，列出了自己整整十条羞愧之处：年龄比陆莉大，个子比陆莉高，体重比陆莉多，学龄比陆莉长，而考试却不能得满分等，这不是对自己太苛刻了吗？不仅为自己设置的标杆过高，其总结的方法，也未免弦儿绷得太紧，这样演奏自己的人生，是很容易弄得自己身心交瘁而毫无乐趣的。

我便介绍她一种较为洒脱的方法，便是年终岁尾时，无妨坐下来，静静地在心中笑一笑自己。

是的，笑一笑自己。

难得笑一笑自己。

笑一笑自己把多少光阴枉费到了无聊的事情上，比如为买到一只从画报上看到的女明星用的那种发夹，跑了多少百货公司和集贸市场……

笑一笑自己为了同单位的那位在自学考试中英语成绩比自己多了七分，便一连有七天对人家爱搭不理，任自己心中的妒火蓝焰飘荡……

笑一笑自己听到了上海某亲戚炒股票发了财的消息，便一连好多天梦见自己也炒股票买了汽车洋房，其实自己到今天也还不知道股票究竟是什么模样……

笑一笑自己头一回从事第二职业，那种仿佛偷了东西被千夫所指的狼狈惨相……

笑一笑自己那一天在地铁站口蓦地发现他竟和另一位青春女性并肩而行，言谈极欢，自己便愤然掉头而去，回家立即写出一封义正词严的绝交信，而后来他打电话到你家你誓死不接，却原来那天与他并肩而行的青春女性是他在外地工作的表妹，他不过是从火车站接了她再把她送往会议报到的处所而已……

笑一笑自己那一天在百货商场为买一瓶洗面奶和售货员的口角，那售货员固然服务态度不好，自己又何必出言不逊，致使一群人围观，难道自己在免费表演小品？

笑一笑自己借了一盘美国得奥斯卡金像奖的电影《沉默的羔羊》的录像带看，明明被那里头的暴力和变态行为镜头弄得心里很恶心，并且真是没感觉到朱迪·福斯特的演技有多么高超，可因为怕一起看带子的他和其他朋友们讥笑自己不懂行没眼力，便硬和他们一起哄然叫妙，以显示自己品位不俗……

笑一笑自己仅仅因为在电梯里跟总经理打招呼时对方脸上毫无笑容只淡淡地颔首，便整整两天疑神疑鬼，失却了应有的自信与自尊……

笑一笑自己一方面大抹苗条霜大做减肥操，却又一方面忍耐不住地大吃冰激凌大嚼小甜饼……

……

就这样，在轻松潇洒的心境中，笑一笑自己，真诚地、毫无避讳地笑一笑自己，也许便无形中抖搂掉了心灵上的灰尘，领悟到了今后前行中应有的更佳路径，从而获得一种精神沐浴后的清爽，从而获得重上人生旅途的自信与勇气。

笑一笑自己，也便是我们常谈的自嘲。自嘲是一种高层次的幽默。自嘲是一种效果最佳的心理保健。自嘲是一种自信与自尊的体现。自嘲是一种智慧。自嘲是灵魂的升华。自嘲是人生的谐谑曲。自嘲是一种大欢喜。

也许会有年轻的朋友对我说，你所举出的那些"笑一笑"，于我实在都太轻飘了，我在生活中所遭遇的人和事，使我的心灵坠着沉重的负担，乃至划出了长长的流血的伤口，我实在笑不出来啊！

当然，各人境遇不同，而且各人性格也不同，也许确实处在一种悲剧性境遇中的人，以及一些性格天然沉郁的人，"坐下来，笑一笑自己"的心理自律方法很难适用也很难把握。不过依我想来，即便你的人生真是那么凄凉，你的性格真是那么阴沉，努力地让自己心灵上浮出一个哪怕是淡淡的微笑，也总是有百利而无一弊的啊！

1992 年 12 月

寂寞的价值

一位朋友对我说，他就从来不曾寂寞过。

我为他惋惜。

他坐不住。一天到晚扎到人堆里去。他聊。他笑。客厅——餐厅——舞厅，他在"三厅"中享受着热闹与快乐。

人人都有权利选择自己所喜爱的生活方式。我绝不是认为他有什么不对，更无权去干涉他的个人生活。

我惋惜，是因为他本来很有写作才能，然而他的才能没有一个自我开掘的契机。他在客厅中的高谈阔论，时有睿智的闪光，对聆听者或许颇有一时的启迪，然而唾珠咳玉，随风而散，他始终不能独自静坐下来，将那些思想的火花汇聚为熊熊大火，录到稿纸上；他在餐厅中的幽默，也往往近乎"黑色"，但我只在他酒友的作品中，发现过明明是出自他口的妙语；他在舞厅中的旋转与律动常常令旁人吃惊，因为散发着浓郁的"可读性"，然而由于他终于坐下来写作时缺乏一种必要的心态，那填进格子里的文字却十分平庸。

他所缺乏的心态，便是寂寞感。

我这里所说的寂寞感，不是指一般意义上的孤独感，比如离群索居、性苦闷、事业上的挫折、亲友的离散等。当然更不是指麻木或混沌。

我所说的寂寞，即使在热闹场中，在事业上已有所成就的情况下，也会产生。而且，我甚至认为，是不是能保持足够浓度的寂寞感，是一个创造者创造活力是否仍在积蓄的标志。

寂寞，是一种高尚的心境。

寂寞的核心，是敏锐的自我感。

自我的创造，从那涌动的欲望到已达到的实践，都被良知所烛照，深知其黄金般的价值，但却被外界所忽视，所误解，甚至不能招来认真的注视与对抗，从而又对自我的创造产生更苛酷的要求，孕育着更饱含冲击力的突进，这便是深深的寂寞。

人需要外界的热闹，甚至"喧哗与骚动"。但人的内心却不可没有寂寞的时候。当寂寞感升腾起来时，也就意味着你同他人、同群体的区别，也就是你的个性、你的独特价值、你的独创意识，开始凸现出来了。这时候最适宜铺开稿纸写作。当你感到你写下的每一行都可能遭到误解、漠视时，你或许就有取得成功的可能。

当然，人也不能完全陷落于寂寞之中。人是社会动物。这世界原不是为你一个人而存在的，你需与他人共处，并且你必属于一个社会群体，至少，你属于一个民族，一个人种。因此，人不可心中只有自己，不可寂寞到脱离社会、脱离群体的地步。寂寞应是与热闹相对而言。个人应当有时与他人、与集体心弦共振，特别是在涉及他人尊严、集体利益的事情上，这都是不消细说的。但我在这里所强调的，却是人需要有一定的尖细痛楚的个人意识，需要有健康的寂寞感。

健康的寂寞感？难道有不健康的寂寞感吗？有的。仇视人类的心境，毁灭真、善、美的恶念，深藏于心，冷然盘算，便都是我所排斥的寂寞感。健康的寂寞感，应是欲有益于人类，有益于社会，有益于他人，并且也有益于自己，但不被理解的那样一种大苦闷。寂寞的健康与不健康，最终的区别就在于是造就还是毁灭自己与他人的良知。

这就又要说到良知。我所谓的良知，并非《孟子》中所说的："人之所不学而能者，其良能也；所不虑而知者，其良知也。"也并非明代王守仁所倡导的"致良知"的那个"良知"。他们都是把封建伦理道德的仁、义、礼、智、信一类观念视作良知。而我所谈的良知，指的是自人类从"兽"迈进"人"的门槛以后，在艰苦的文明积累过程中，世世代代传递到如今，并不断渗透进"当代意识"，在每一个还称得上是"人"的心中所沉淀下来的那样一种文明的成果。当然，每一个人的良知水平是不相同的，有时竟相差很远。有的人良知旺茂充沛，有的人却近乎良知泯灭。

在艰难的客观环境中，能坚守自己的良知，便会为寂寞所煎熬。记得"文革"初期，我在一所中学任教，我的理智，是全然被"文革"的"道理"俘虏了。我的大部分热情，也拼命地向"红卫兵"和"群众运动"靠拢，我是绝对不想也不敢对抗"文革"的。然而，当一天下午，一群"红卫兵"把一位据说是资本家的人拖到操场，围着痛打，以致将他打死的时候，我坐在宿舍里，目睹着窗外的"红色恐怖"，听到那撕裂人心的惨叫，我感觉有一种比"文革"的"伟大道理"和比"红卫兵"的"可贵精神"更坚实的东西从我心底升起。

我咬着嘴唇，只是默默地重复着这样的思绪：

即便他是资本家，他剥削有罪……

即便他作恶多端，理应惩罚……

但他是一个人，

不要这样打他，不要这样……

不能这样子把人往死里打……

可以一个枪子儿毙了他，

但不能这样活活地把他打死……

人不能这样对待人……

即使是好人对待坏人……

如果这样做是合理时，那么，这个世界就太黑暗！……

无论如何，我不能接受这样的行为……

我牢牢地捕捉住这一思绪，并且将它稳稳地定在了我的灵魂中。我不是一个政治上的清醒者，我直到那以后依然认真地学习"无产阶级专政下继续革命的理论"，我也不是一个运动中的干净人，我也卷入过两派斗争，写过大字报，在批判会上发过言，但我永远不允许自己迈过那条无形的界线：人不能置人于死地，更不能那样折磨人，污辱人，残害人……

我以为，使我能够终于从"文革"中超越出来，使我能比较早地便写出"伤痕文学"的，实际上便是这种牢牢稳稳根植在我灵魂中的东西，这便是我现在称为良知的东西。后来，我感到条件已经成熟，我便写出了使这种思绪和情感一泻无余的中篇小说《如意》。

在"文革"中，我的良知感，是不能对别人说的，即使亲朋好友，我也是欲说还休。我深深地寂寞。但这种寂寞是可贵的。它的释放构成了我比较像样的作品。

我不是"文艺心理学"或"创作心理学"的研究者，我实在并不能说清寂寞感与文学创作之间的微妙关系。但我确有感受，有领悟。我曾写过一首题为"寂寞"的小诗：

默默成粒

任风吹过

看云儿时聚时离

拾穗人的筐里

风风光光热热闹闹

麦芒儿互比长短粗细

落进犁开的黑土地

在视线不到的地方

既痛苦又欢乐——绽开自己

这是我真实心境的写照，在有些人看来，我似乎已经功成名就，想必是天天沉浸在快乐与热闹之中。其实我心头时时充溢着危机感。我真怕失去精细敏锐的自我感觉，失去宝贵的寂寞感。当我又陷于越来越浓烈的寂寞感时，我便知道，我的良知又坚挺并增长了，我对作为一个人的认识和追求又深入了，我对人的尊严、人的价值的体味可是更丰富了，我又一次得以从虚荣和时髦的浪潮中解脱出来，又一次得以从别人的影响和诱惑下摆脱出来，我有了又一次经受失败和"露怯"的勇气，又一次能够捕捉住那些只属于我个人的感受和见解，也就是又一次有了独创的可能，于是我便会赶快铺开稿纸，写下即便永世不被人理解并遭受漠视，却无愧于署上我个人名字的作品。

1987 年秋写于北京劲松

栽棵自己的树

四十多年前，随父母住在机关宿舍大院，那个院落是个典型的四合院，我家所住的厢房门窗外，有株高大的合欢树。一个星期天，忽然来了个面生的老头儿，绕着那合欢树转悠，又抚摩树皮，捡起落在地上的花，夹在手指缝里，嗅个不停，后来就站在树下发愣。我那时系着红领巾，在院子里玩耍，觉得他十分可疑，就过去问他找谁。他说找的就是这棵树，这树是他父亲带着他，亲自栽下的。我立刻跑回屋，向爸爸报告，说外头有个老头儿，搞反攻倒算呢！爸爸就走拢窗前朝外望，我催爸爸出去轰他，这时，那老头儿也就拿着一簇花离去了。爸爸对我说，他认出那老头儿，是国务院参事室的，不熟，但肯定不是坏人，这院子原来是他家故居，对这棵合欢树有感情，忍不住来看望看望，属于人之常情，不必去干涉他。

北京的古都风貌，直到五十年前，还可以用"半城宫墙半城树"

来概括。人们现在仍津津乐道胡同四合院文化，不过大多只把注意力集中在北京胡同四合院的建筑形态上，对胡同四合院的树文化，似乎重视得还不够。胡同里的遮阴树属于公树，这里暂不讨论。四合院里的树木，在过去是属于房主的私树，那些私家树往往是第一代房主亲自挑选树种，并且其中至少有一棵，是其亲自栽下的。四合院里最常见的树种，有槐、榆、杨、柳、松、柏、桧、枣、梨、杏、毛桃、核桃、柿子、香椿、丁香、海棠等。四合院里的树木，不仅用于遮阴、观赏，也不仅是取其花、叶、果食用，往往还同主人形成某种特殊关系，或含有纪念意义，或表达某种祈愿，或切合主人性格、体现出某种刻意追求的文化格调。最近继续研究曹雪芹和《红楼梦》，特别注意到曹家的树文化及《红楼梦》里的以树喻人、营造诗意的美学特性。曹雪芹曾祖父曹玺在南京任上，亲手在花园种下了一棵楝树，后来他祖父曹寅对此树倍加爱惜，还绘图征题，集为四五巨卷，当时的文豪名流，几乎全都襄与其事。楝树既非名贵树种，其花更不华美，而且结子味极涩苦，曹玺手植、曹寅咏叹，其用意均在教诲后人勿忘其作为满人的包衣世奴的苦涩身世。《红楼梦》里没写到楝树，说明它并非曹氏的家史，却又一再通过书里赖嬷嬷向儿孙辈感叹"你哪里知道那'奴才'两个字是怎么写的"等细节，把曹氏的兴衰际遇浓浓地投影在了字里行间。《红楼梦》里的大观园，贾宝玉住的怡红院里蕉棠两植，林黛玉住的潇湘馆翠竹成丛"凤尾森森"，探春住的秋爽斋后廊满植梧桐，妙玉所在的栊翠庵冬日白雪中红梅盛开，包括薛宝钗所住的蘅芜院不植树木只种各色香草，全都关合着人物的性格命运。中国传统文化通过各种方式给我们留下丰富的遗产，其中的树遗产也是异常丰富的，如清代纪晓岚给我们留下了诗文，留下了足以供今天电视剧戏说的趣闻逸事，也留下了一株至今每春花如瀑布的紫藤，那不仅有观赏价值，更氤氲出一种雅致格调熏陶着后人。

保护四合院文化，其中也应包含保护四合院树文化的内容。在电视剧《贫嘴张大民的幸福生活》里，我们可以看到如今北京的四合院沦为了拥挤不堪的杂居院的情景，其中有个细节是张大民不得不把一棵大树包在了自己加盖的小房子里，那些镜头的语意是十分丰富的。如果我们再不努力保护北京胡同四合院的树木，那么，再登到景山顶上眺望全城时，将不复有"半城树"的景观，纵使能望见许多新拔起的"楼林"，恐怕心里也不会舒服。

现在，在自己居住的地方栽一棵自己的树，对于北京人——也不仅是北京人，各个发展中的经济区里，人们的处境大体相同——基本上是可向往而难以落实的一桩事了。就城市居民而言，通过纳税，而由有关部门用税款来营造公众共享的绿地，栽种属于大家的树木花草，是社会发展的新模式。但我以为，让一个人至少和一棵树建立更私密的关系，这一北京胡同四合院——也不光是北京胡同四合院——在我们民族世代生息的所有地方，其实都有着手植私树传给后人的文化传统。树比人寿长，前人栽树，后人乘凉，栽一棵自己的树，寄托志向情思，留给下一代甚至很多代，让他们在树荫下产生严肃的思绪、悠然的诗意，这个传统不能丢弃。报载，有的城市在郊外设置了不同的林场，有的用于新婚夫妇植树纪念，或生下孩子或孩子开始上学时植树纪念；有的用于殡葬，把骨灰埋在树下，死者从树中涅槃，思念者望树生情，这都是很好的变通方式。

参加公益性的植树造林活动，自然应该积极。倘若有一块自己可以支配的园地，就该兴致勃勃地栽棵自己喜欢的树。近年我在远郊有了一间书房，窗外一块隙地可以种树，妻子帮我栽了一棵合欢树，这既是与我童年时光的对接，也意味着我们三十一年的恩爱应该延续，这树又名马缨花，我的写作，仍是骑马难下的状态，那就再摇马缨，继续向前；北京市民却又把它称为绒线花，我更喜欢那昵称里的平民气息，鼓励自己将文字更竭诚地奉献给平凡的族群；但妻子查了书，又找出了此树花期的特殊气息可以制怒消忿的依据，她批评我近来脾气暴躁，希望我能在这树旁调理好心态情绪，雅意感人，怎能不从？栽一棵自己的树，实际也就是净化一颗自己的心啊！

装满自己的碗

一位记者来问我对"中国作家走向世界"（或"中国文学走向世界"，两种提法只有微弱差别，这里不细论）有何看法，我说该说的话早在几年前就说过了，懒得再说了。他讶怪我"何以对如此重要的问题漠不关心"，我跟他说，这问题对我个人来说，实在很不重要，而且，完全可以漠不关心。

不少中国人把获得诺贝尔文学奖看成天大的事，似乎那才是中国文学、中国作家走向了世界的标志。如果有中国作家获得了诺贝尔文学奖，我会为他高兴。但那很可能仅是他个人的一项名利双收的喜事，中国文学该怎么样，恐怕还怎么样，其他中国作家该怎么样，恐怕就更还是那么样。尤其是，我们别忘了，现在有很不少的中国作家侨居在国外，有的已获得过仅次于诺贝尔文学奖的某些在西方很有权威性的文学奖项，有的已得到过多次提名，有的其作品被译为西方语种的数量和获得的好评，都远超过留在本土的作家们，更有直接用西方语言写作由西方大出版社印行的，根本毋庸再"走向"。这些在"近水楼台"的中国血统作家，其中某一位很可能在最近的将来"先得月"，而他那获奖作品，根本就还没在中国大陆本土出版过，你说那跟我们本土作家的写作，以及本土读者的阅读，乃至本土批评家的工作，究竟能有多大的关系？

我1992年应负责评定诺贝尔文学奖的机构——瑞典文学院——邀请访问过，并且有幸聆听过该年度该奖项得主沃尔科特的获奖演说。我那次访问的最大收获，就是知道了瑞典文学院的院士们，对有作家为得他们那个奖而写作，持笑掉大牙的态度。

作家为什么写作？会有各种各样的出发点和目的地。如果有的为走向斯德哥尔摩的颁奖台而写作，我是不笑他的，甚或感到颇为悲壮。那也应该算是一种写作。

就我个人而言，我信奉中国的古训："守着多大的碗，吃多大的饭。"我的碗不仅不大，质量也非上乘。我深深知道自己的局限性。我是一个定居北京，用方块字写作，并且基本上只依靠一个相对稳定的读者群支持着，近年来越来越边缘化的，正从中年走向老年的、自得其乐的那么一个作家。我挺看重我自己，可是我并不企望别人也像我自己一样看重自己。我喜欢文学，喜欢写作，也不拘泥于文学写作，有了写作冲动，就写起来，或长或短，或可属文学作品，或属非文学文字，写了，很少藏之抽屉，多半觅可容纳的园地发表，发表了，很好，此处发不出，再试彼处，总发不出，也就算了。我受"文以载道"一类的观念影响较深，注重文字的思想内涵，但近年来我越来越自觉，也自如地，只遵命于我自己生命体验与良知，而非另外的指令。中国文学要走向世界？很好，但这恐怕不是我的一项义务。就我自己写出的文字而言，有一部分本土读者能乐于阅读，我觉得自己的写作使命已经完成了。中国作家要走向世界？如果从狭义上理解，那我也算是多次地出境访问，已然"达标"了，但要我成为所谓"世界型作家"，比如一旦出现在纽约或巴黎的书店里，便会有金发碧眼的崇拜者涌上来签名，那么，饶了我吧，那是绝对不可能的——如果那真是中国作家整体应为民族荣誉争取到的一种境界，请把那重任"历史地落在"别的有那志向的作家身上吧。

也是那位记者，逼出了我上面一番话后，尖刻地说："你是因为自己失去了'走向'的可能性，所以才取这种姿态。其实你这人野心勃勃，你说你边缘化了，又说什么读者群不大了，可是就拿最近来说，又发表着新的长篇小说，又继续在搞《红楼梦》探佚，写出了《妙玉之死》，还涉足建筑评论，更别说时不时地甩出非文学的随笔，散见于各地报刊……难道这能叫'守着多大碗，吃多大饭'吗？"

我笑辩道，这恰恰说明我是"守碗派"。北京卖美式比萨饼的"必胜客"连锁店，有一个规矩，就是你花一份钱，可以用他们提供的一样大小的碗，一次性地到"沙拉吧"去自取沙拉。为了在一只规定的碗里尽可能地多装些沙拉，有的顾客真是使出了浑身解数，比如他们先用青豌豆填入碗底，再把黄瓜片斜贴在碗边，使其上半截露出碗沿，这就无形中扩大了碗的容积，然后再往里面装其他东西，"结实"的放底下，"蓬松"的放最上面，装一层，浇一层沙拉酱，最后装出的一碗，比不会那么装的顾客所取用的，一倍不止。这很不雅吗？我问过一位驻京公司的美国人，她的回答是："只要确实吃得完，没什么不好。"也就是说，只要遵守了"游戏规则"，一份钱只取一次，又真有好胃口，不剩下，不浪费，则究竟你怎么取用，吃多吃少，完全是你个人的事，别人毋庸置喙。我曾对北京"必胜客"里用巧思妙法将自己的沙拉碗装得冒尖的食客很是鄙夷，也曾对那里的经理建议，为什么不可以改为允许多次取用？只保留不带出店外一条限制就够了嘛，一个食客在店内能吃掉你多少沙拉呢？经理回答我说，不怕食客多吃，怕的是多拿多剩，他们试过，结论是，现在这样"守着一只碗吃"的规矩下，虽也有浪费，但剩弃的毕竟不多。由此想到我自己的写作，其实，也无非是在守着一只碗的情况下，因为胃口确实还不错，把它装得比较满罢了。我想，过些时候，我自己的胃口衰退了，尤其是，阅读我的文字的读者们对我的胃口衰退了，那我往碗里装的，该有所减少吧。倏地回忆起幼年时，家乡一位远亲，那时他很精实，每餐吃饭，都要盛成一碗"帽儿头"，上面浇以辣豆花，吃得好香。后来再见到他，已是哮喘的老人，每餐吃饭，盛的饭都不过碗边了——但无论他盛了多少饭，总是吃得粒米不剩。人生也好，食欲也好，写作也好，发表也好，守着一只碗，不逾矩，不浪费，不欺人，不愚己，顺其自然，平平实实的，也许，便算有福吧！

一切都还来得及

　　有时候，人会觉得一切都完了，阳光不再灿烂，绿树不再青葱，花儿不再美丽，歌声不再悦耳……会不想吃饭，不想睡觉，不想多谈，不想继续做事，甚而会有灰色乃至黑色的阴冷念头涌上心尖——这就是那样的一些时候：考试不及格、应聘不录取、竞赛中败北、竞争中落伍……以及遭逢异性的拒绝而失恋，错过难得的机会而失悔等，总之，顿觉我生何趣，万念俱灰。

　　这种挫折感、失落感、耻辱感、空虚感，针刺般地折磨着灵魂，那真有如在一座脆弱的吊桥之上，身后是一派天真烂漫而已无法回首，身前是可望而不可即的诱惑，只觉脚下的桥体已在嘎吱吱地断裂，朝下望，则黑黢黢的深渊似乎正在发出狰狞的恶笑，张着密布利齿的大口只待你的沉沦……

　　这时候，人最迫切需要的，是一种最单纯的信念，即——不要紧，没关系，只当生活刚刚开始。不回头，朝前望，一切都还来得及！

是的，不要停下你的脚步，但要把下一个步子走得更好，调整得更加合适，不要为原来的失败和挫折而过分地责备自己，更不要为客观的不利因素而无谓地怨天尤人。走你的路，并坚信一切都还来得及——从脚下这新的一步重新开始！

一位年轻的朋友在他们那个企业的优化组合中被"优化"出去了，他痛不欲生。他跑来对我说，倘若他真是一个低能的调皮鬼，那么就是将他彻底开除，他也绝无怨言，而万没有想到那优化组合的过程犹如一面无形的镜子，照出了他人际上的一贯疏离，那却是他以往从未深刻意识到的。现在人们都礼貌地婉拒与他合作，才令他雷轰电掣般地猛醒——原来他的孤僻与固执，在他人眼中竟达到了那般不被容纳的程度！

我握住这位年轻朋友的手，诚恳地劝慰他：冷静地面对这确实令人发窘的境遇，不要恐慌，不要灰心；是的，你的生活面临着一次危机，但"危机"可以分解为"危险"和"机会"两个要素。"危险"决定了你必须避凶趋吉，"机会"意味着你有了对生活做出重新抉择的可能，不要对这一处境发怵，而要把这一处境视作激活自己潜在生命力和创造性的良性碰撞，要知道你毕竟还年轻，一切都还来得及！

年轻的朋友皱着眉头说：我性格从小如此，而且在人们眼中、心中也已定型，现在我就是想从头做起，也万难变易性格，改变人们对我孤僻内向、寡言难通的印象。你说一切都来得及，不过是激励我的一句空话罢了，事已如此，哪里还来得及！

是的，缺点好改，性格难移，而要将他人眼中所定型的你，再重塑为新的形象更谈何容易，但是——我劝那位年轻的朋友——你也无妨再仔细地想一想，你那人际上的问题是不是也不能都归咎为性格因素，有没有对世界和社会的认识上的欠缺？比如说，你以往是否未能清醒地认识到，随着当代世界的科技、经济、生活方式的发展变化，个体生命越来越不可能超脱于群体，因此，与他人特别是与创造物质财富和精神财富的群体的亲和趋向，应当成为当代社会中个体生命的自觉意识之一。所以，借助于这一回被群体所筛汰的危机，你无妨从理性认识上来一个跃升，增强自己心理上、意识上与群体的亲和力，并扎扎实实地身体力行。相信经过努力，群体对你的认同和容纳，是一定可以增强的。

年轻的朋友想了想，说：是的，我想自己除了性格因素以外，搞不好人际关系也确实还有认识上的原因，以及不掌握与人沟通合作的种种人际技巧；但是，我还是觉得一切都晚了，现在再来提高、改变这一切都太艰难了……

我为这位年轻的朋友对待人生的严肃态度所感动。他并不轻率地靠泛泛的鼓励而忘却挫折的创痛，并努力地寻找着克服挫折的途径。我替他想了想，便又对他说：是的，说一切都来得及，并不意味着干一切的事情都还来得及，而是意味着有包含在"一切"中的许多种可能性可供我们慎重抉择，做出这种抉择是完全来得及的！比如你遇到的这个情况，除了做出改变自己的为人处世态度以求再被组合进那群体而外，也还可以做出另外的抉择，比如：（1）跳槽到另外的一种群体中，那类群体共同工作时不需要成员之间有过密过细的人际勾连；（2）毅然改换另一种更具独来独往独当一面特点的职业，将自己的慎独性格从劣势转换为优势；（3）随遇而安，蛰伏一时，在此期间加强自修，从容调节心理，特别是增强对世界和人生的认识，以待新的机遇……

怎样在这充满考验与筛汰的世界和人生中应付预料中和预料外的挫折？那是一番话、一篇文章都难说透的，但至少我们可以在挫折面前先对自己说上一声：不要慌，一切都还来得及……

1992 年 7 月

池塘 · 瀑布 · 喷泉

不是讲三种自然景观，是讲凡人的活法。

人生在世，必有交往，交往之中，渴求情谊。其实凡人自有凡福，若论交友，还是凡人最易获得真友情。

不凡之人，有时也会来结交凡人，仿佛瀑布挂崖，"飞流直下三千尺"，把凡人的生活，搅得浪花四溅，声喧于十里之外。凡人承受此殊荣，往往是始于狂喜，而终于疲惫。所以，自尊而知趣的凡人，往往会主动回避"瀑布之谊"。我有一旧邻李某，本是一区区公务员，一日忽有副部长乘"蓝鸟"驾到，使得杂院里的左邻右舍纷纷围观，李某夫妇在受宠若惊之余，不断为自家屋里的接待条件太差而自惭自愧。那副部长倒真是礼贤下士，绝对地"入乡随俗"，断了簧的沙发也坐，粗粝的茶水也喝，又问寒又问暖，还兴致勃勃地与李某摆枰弈棋——原来副部长才从外省调京，家眷未到，星期天一方面欲深入下层，一方面自己是棋迷，听说李某得过部际棋赛冠军，所以欣然作"瀑布"式访问。没想到李某与之对弈大失水准，且全家处于尴尬境地。他们的交往，后来未能持续，倒不是副部长架子增大，而是李某自己频频回避。

也有的凡人，上赶着去结交不凡之人，如喷泉之拼命上扬自己，宁愿化为散落的水珠，消耗精力殆尽，去换取与不凡之人亲近的快乐。我有一远亲邹某，在副食店工作。他特别崇拜一位笑星，有一回守候在举行大型演出的体育馆演职员出入口外，以"程门立雪"的精神感动了本是轰他走的保卫人员，替他进去求得了那笑星的签名。他在欣喜若狂之余，更以类似"要把牢底来坐穿"的气概，又一直等到散场，直至那笑星出来——他使笑星也不禁感动，在他要求下，那笑星又给了他一张签了名的名片，并同意与他合影……后来他照着那名片上的电话号码给笑星打去了无数次电话，每次那电话中都有一个录音带放出几句礼貌的言辞："对不起……不在家……请您留下您的尊名和电话号码……"后来他就径直去笑星家，希图一见，结果门铃响后，开门的保姆问清他何许人也后，便扶着门，客气地对他说："……对不起……实在没有时间会见未经约请的客人……"说完便赐他一碗"闭门羹"。他呆呆地离去……回到家中，方恍然大悟——喷泉喷得再高，离星座也还远得很呢！从此他把那份感情，移到了同行业的一位业余相声演员身上，两人来来往往，十分亲密，后来他干脆就给那哥儿们捧哏，业余演出的"草台子"上是"难兄难弟"，平时你来我往建立了通家之好，其乐也融融。

到头来，友情，大体只存在于同一层面的人际间，如平静的池塘，映云影，生春草，憩瘦鱼，鸣小蛙，无瀑布之喧腾，无喷泉之艳媚，但温馨可人，历久不变，弥足珍贵。不凡之人，或跋涉于仕途，或应付于名利场，他们内心的求友欲望，甚至还要超过凡人几分，但他们即使不作"瀑布"去"礼贤下士"，亦不作"喷泉"去"更上一层楼"，只在与他们同一层面中的人士间觅友，其难度与脆弱度恐怕都大于凡人，因为官场上的同侪如过往太密，虽为私交，亦涉帮嫌，加以身负重任，时刻需检验对方是否确系"同一战壕中的战友"，并随时须防止"感情代替政策"，公心持重，私情自然萎缩；名流之间呢，自古早有"文人相轻""同行是冤家"的说法，竞争的阴影，笼罩于人际，虽不乏通力合作、珠联璧合的先例，以及互谦互让、相得益彰的美谈，但相互间十分松弛地不拘礼仪地倾心交往，却也并非易事——首先就没有那么多闲散的时间可以用来作"友情消费"。简言之，不凡之人，需"爱惜羽毛""维护形象"、保持一定的神秘感和必要的光晕，不好自轻自亵更不可让一般凡人窥知机密勘破法术，因此，他们即使对同一层面中的同僚、同行，也难得建立起凡人俗人庸人平民之间的那种无竞争无机密不设防不作态的友情关系。有时我们看到听到报刊广播电视里的名人说他们寂寞，那绝对是真话。凡人就往往不具有那近乎奢侈的"寂寞"和"孤独"。

凡人在世，有许多艰辛之处，但凡人也能从人生中得到若干宝贵的补偿。凡人在享有来自同一层面中的朋友的情义方面，就远比不凡者优越。一是可以不那么费力地自然获得，二是往往能够坚韧持久以至伴随终生，三是无须注意保密无须设防无须特别地谦逊亦无妨任由性子发泄，四是一旦失去朋友断情绝义也酿不成"路线斗争"或什么什么坛的风波事件，无非小事一桩，于己无致命之伤于社会更毫无影响。

因此我说凡人自有凡福，那福气便可喻为池塘之美。"水流平"的幽幽池塘的那一份安宁与温馨，却是瀑布与喷泉所不具备的！

1991 年秋

调剂你的生活色

　　有位读者给我写信，说他的生活是灰色的，信里弥漫着忧郁的情绪，仿佛猜想到我会劝告他应该换一种眼光来看待生活。他在信里宣称：灰色就是灰色。他这样概括是极客观极冷静的，任何人从旁去观察他的生活，都会得到相同的色彩印象。

　　仅凭一封来信我无从观察更无从判断他的生活色，但我觉得他有一点倒很值得我们效仿：给自己目前的生活测定出一个色标——如果真能做到尽可能地客观、准确，那对自己来说未始不是一桩好事，由此可以摆脱懵懂而进入清醒，促使自己更自觉地投入今后的生活，或认同它，或设法改变它。我其实并不太欣赏"换一种眼光看生活"的哲学，因为那样搞不好很容易坠入自欺；自欺固然比欺人好，却不是一种有出息的生活态度。如果确是冷静的评估，那么，灰色就是灰色，要改变，就要改变那色源，而不是改变自己的眼睛。

当然，构成我们个人生活色的因素很多，其中许多因素，是非个人单方面努力所能改变的。这里不拟讨论整个儿改变生活色问题，那问题实在复杂；这里只想说说调剂个人生活色问题——无论客观因素多么难以根本改变，把它调剂一下总还是可以做到的。

　　我曾写过一篇《寻找地平线》的生活故事，讲述一个久住城市的小家庭，他们的生活色不是灰暗的，可以说相当粉红，似乎就那么样过下去也挺不错，但有一天他们忽然意识到，甜腻腻的草莓色生活窒息着他们的想象力，尤其妨碍下一代胸臆的展拓，于是他们全家组织了一次别开生面的郊游——不是去名胜古迹和著名风景点，而是去了最具纯朴本色的绿野。面对无比开阔的天边地平线，他们激动不已……当然他们不可能也没有必要彻底改变平日的生活色，但意识到了不足，在那生活的底色上巧妙地添上一笔散发着乡野禾苗气息的翠绿色，他们的生活，不是就富于诗情画意了吗？

　　所谓灰色，从物理的光学角度解释，把许多本来相当鲜艳的颜色混杂在一起，再加以快速旋转，那反映到我们眼里的效应，便成为灰色。一个感到自己的生活色是灰色的人，多半是整天忙忙碌碌而收获不大的人，或他本身倒不忙，而他周围的人们忙得他不能理解，无论是他自己团团转还是别人在他面前团团转或自己别人一起团团转，团团转而事倍功半甚至于劳而无功，当然会眼前一片灰色了，要改变这灰色，确实谈何容易！但我以为也还是可参照上面举出的例子，在意识到灰色的沉闷应予以突破以后，用力所能及的手段，给自己的生活色添上一笔明亮的光泽。比如我就可以为他开列出上中下三策：上策，是把自己从心慌慌的忙乱中部分地解脱出来，有的那匆忙上马效益甚微的第二职业，干脆停掉它，如不属于白忙型而属于"观忙"型，则不要再那么热衷于观察评判讨论所谓"下海"的人和事，这样，不必"换眼睛"，生活的色彩，恐怕也就不再那么一味地灰；中策，是延伸自己的活动半径，即使没有条件到外地出差，多到本地的小风景里去转悠转悠，不要总在功利性的前提下安排自己的活动，可以在并不需要买什么东西的情况下去逛购物中心，这样，灰色感也许能稍有缓解；下策则是有意去商店为自己买一样色彩鲜艳形态活泼最好内涵富于诗意的小摆设，放在自己每天必然会不止一次触目的地方，像床头柜、书桌等处。不要以为我这是开玩笑，不信试试，大多数生活属灰色的人，可用此法把自己的生活色多多少少从灰色中跳出一点点来。

其实就是生活色是金色银色玫瑰色蔚蓝色或七彩并存的人，他的生活色也有个良性调剂的问题——但我们未入那境界只在坎儿上晃悠的一般人，恐怕就很难给他们出主意了；且不去管他们的闲事吧——先把我们自己的生活色调剂调剂再说。

生命的一部分

书，是我生命的一部分。

我每天都离不开书，每天必看书。有时忙得团团转，似乎不可能看书，但再忙总得如厕。如厕时我总要读一点东西，如果不是书，那就一定是报纸杂志。所以，最忙的时候我也仍能看书。

有一回出差，路上竟把手提包丢了，到了下榻的招待所，懊丧得不行，手提包里的钞票及一些生活用品固然可惜，但最可惜的是带出来的一本心爱的书。我每次出差总要带上一本或几本最提神的书，出差时也同在家里一样，躺到床上后必然要读书。我不能想象，自己可以上床后不读书便安然入眠。但那一晚真够狼狈，临时去借书又不可能，躺到床上后，百无聊赖，浑身不自在，忽然，我眼光扫到了屋中书桌上的台历，啊，那不也可权且当作一本书吗？于是，我兴奋地跳下床，抓过台历，那是一本介绍中外历史知识的台历，真棒！于是我津津有味地翻阅起来，那一个夜晚就此免去了空虚和寂寞，像往常一样读了书。

在旅行途中，在火车上、飞机上，我自然更要读书。

不可一日无书。古人早就倡导过抓紧榻上、厕上、马上的时间读书。仔细想来，马背上何等颠簸，古人却仍要抽空读书，我们今天的条件无论如何总要比马背上好，怎能荒废时间，整天不读一页书呢？

自然，读书要力求读好书，读讲真理的书、传知识的书、陶冶性灵的书、赏心悦目的书。但世上的书多如繁星，也很难说我们遇到的书都那么有价值、那么美妙，怎么办呢？我的做法是：经过几代读者考验，即经过时间老人筛选，成为名著、经典的书，要作为重点读；时下热门的书，可以拿来翻阅，但要有独立思考的精神，如果觉得确实好，则细读，倘若觉得虚有其名，粗读可矣；有一些偶然遭逢的书，无妨翻翻，发现某本书不怎么样、"疯得很""瞎糊弄""骗钱货"，也不失为一种收获，因为可以悟出一些关于社会构成状况与人生面临抉择态势的道理。有的社会上普遍认为是坏的书，出于好奇心，我们总想拿来读读，其实只要不让逆反心理把我们的思绪推向混乱与偏颇，在好奇心驱使下把那样的书拿来翻翻也无大碍，绝大多数读过一定数量好书的人会自然而然地排拒那坏书的影响。

当书构成我们生命中的一部分以后，我们的灵魂必将变得充实而丰富，我们的眼睛必将变得明亮而深邃，我们的行为也必将变得理智而富于创造性。

爱书吧，从你识字以后，书应该是你不可离异的终身伴侣！

1989 年春

第四辑

路虽远，酒尚温

难忘的一杯酒

　　我上中学的时候，语文老师教我读叶圣陶的《多收了三五斗》，后来我当了中学语文教师，又教我的学生读《多收了三五斗》，再后来我娶妻生子，不知不觉中儿子高过了我的头，上到中学，有一天我见儿子在灯下认真地预习课文，便问他语文老师要教他们哪一课了，他告诉我："《多收了三五斗》。"这其实还算不了什么，我的母亲，我儿子的奶奶，今年已经八十四岁了，她就几次对我和她的孙子说："中学时代读过的课文，一辈子也难忘。我就总记得读过叶绍钧的《低能儿》。"叶圣老就这样用他的文学乳汁哺育着跨越过半个世纪的三代人。

　　我十年前登上文坛的时候，叶圣老早已是年过八十的文学老人了。见到冰心、巴金那样的老前辈，我已觉得是面对着文学史的篇章，深觉自己的稚嫩，而冰心、巴金又都把圣老尊为自己的老师和引路人，所以对于圣老，我实在是只能仰望，自知无论就年龄差异还是文学资历而言，辈分都真是晚而又晚。

五年前的一天，《儿童文学》杂志召开编委会，叶圣老是编委，我也忝列编委，在差了好几个辈分的圣老面前，我心中既满溢尊重又不免拘束无措。会后的便宴上，我走近圣老身前敬他一杯酒，我没想到他不仅立即认认真真地站起身来，立即认认真真地端起他的那杯酒，并且立即认认真真地用长长的白白的寿星眉下的那双眼睛望着我，还认认真真地对我说："刘心武同志，您好。谢谢您。谢谢您。"最让我感动的，是他不仅认认真真地同我碰杯，随后还认认真真地仰脖喝下了他的那杯酒，并认认真真地把喝干了的酒杯亮给我看，还认认真真地注视着我干掉我那杯酒，又认认真真地听我多少有些慌乱有些局促有些言不达意有些结结巴巴地说出的一些仰慕的话，直到我要离开他了，他才由叶至善同志扶着慢慢地坐下。

这真是永难忘怀的一杯酒。刻在我记忆中的是一个终生认认真真谦恭待人的伟大人格。

那回的敬酒，叶至善同志自始至终随他父亲站立，并真诚地微笑着，自己却并不举杯。后来林斤澜同志告诉我，叶家的老规矩就是那样，只要是圣老的客人，无论多么年轻，都可同圣老平起平坐，但叶至善他们子女，往往是侍立在圣老旁边，并不一定随之落座。乍听去，这规矩似乎旧了点儿，不甚可取。但我后来同叶至善同志有些交往后，就深感叶家的家风，凝聚着许多中国传统文化中的美德，而他们家中父母子女姊弟妹间精神平等和心灵交流，却又明显地汲取于西方文明中的精华。现在圣老离我们而去，在我们对他的追怀纪念中，我以为应当加进对他那在中西文化大撞击中所形成的人格和文化心理结构的研究，而具体入微地考察与分析一下叶家的家风，即叶家的文化品格，也许不失为一个非常有价值的艺术角度。

1988 年 2 月 28 日

冰心・母亲・红豆

前些日住在远郊的朋友 R 君来电话，笑言他"发了笔财"，我以为他是买彩票中奖了，只听他笑嘻嘻地卖关子："我找到一大箱东西，要拿到潘家园去换现！"潘家园是北京东南一处著名的旧货市场，那么想必他是找到了家传的一箱古玩。但他又怪腔怪调地跟我说："跟你有关系呢！咱们三一三十一，如何？"这真让我丈二和尚摸不着头脑。

说笑完了，R 君又叠声向我道歉。越发地扑朔迷离了！

R 君终于抖出了"包袱"，原来，是这么回事：五年前，我安定门寓所二次装修，为腾挪开屋子，把藏书杂物等装了几十个纸箱，运到 R 君的农家小院暂存，装修完工后，又雇车去把暂存的纸箱运回来，重新开箱放置。因是老友，绝对可靠，运去时也没有清点数量，运回来取物重置也没觉得有什么短少，双方都很坦然。没承想，前些时 R 君也重新装修他那农家小院，意外地在他平时并不使用的一间客房床下，发现了我寄存在他那里的一个纸箱，当时那间小屋堆满了我运去的东西，往回搬时以为全拿出来了，谁都没有跪到地上朝床下深处探望，就一直遗留在那里。R 君发现那个纸箱时，箱体已被老鼠啃过，所以他赶忙找了个新纸箱来腾挪里面的东西，结果就发现，纸箱里有我二三十年前的一些日记本，还有一些别人寄给我的信函，其中有若干封信皮上注明"西郊谢缄"。起初他没有在意，因为他懂得别人的日记和私信不能翻阅，他的任务只是把本册信函等物品垛齐装妥。但装箱过程中有张纸片落在地上，他捡起来一看，一面是个古瓶图画，另一面写的是：

心武：

好久不见了，只看见你的小说。得自制贺卡十分高兴。
我只能给你一只古瓶。祝你新年平安如意。

冰心十二，廿二，一九九一

他才恍悟，信皮上有"西郊谢缄"字样的都是冰心历年寄给我的信函。

R 君绝非财迷，但他知道现在名人墨迹全都商品化了。他在一家网站上，发现有封我二十六年前从南京写给成都兄嫂的信在拍卖，我照他指示去点击过，那封一页纸的信起拍价一千零八十元，附信封（但剪去了邮票），信纸用的是南京双门楼宾馆的，我放大检视，确是我写的信，虽说信的内容是些太平话语，毕竟也有隐私成分，令我很不愉快。估计是二哥二嫂再次装修住房时，处理旧物卖废品，把我写给他们的信都弃置在内了。人生到了老年，就该不断地做减法，兄嫂本无错，奇怪的是到处有"潘家园"，有"淘宝控"，善于化废为宝，变弃物为金钱。R君打趣我说："还写什么新文章？每天写一页纸就净挣千元！"我听了哭笑不得。但就有真正的"淘宝控"正告我：这种东西的价值，一看品相，二看时间久远，离现在越远价越高，三看存世量，就是你搞得太多了，价就跌下来了，最好其人作古，那么，收藏者手中的"货"就自动升值……听得我毛骨悚然。

R君"完璧归赵"。我腾出工夫把那箱物品加以清理。不仅有往昔的日记，还有往昔的照片，信函也很丰富，不仅有冰心写来的，还有另外的文艺大家写来的，也有无社会名声但于我更需珍惜的至爱亲朋的若干来信。我面对的是我三十多岁至五十多岁的那段人生。日记信函牵动出我丝丝缕缕五味杂陈的心绪。

这个纸箱里保存的冰心来信，有十二封，其中一封是明信片，三封信写在贺卡上，其余的都是写在信纸上的。最早的一封，是1978年，写在那时候于我而言非常眼生的圣诞卡上——那样的以蜡烛、玫瑰、文竹叶为图案的圣诞卡，那时候我们国家还没有印制，估计要么是从国外得到的，要么是从友谊商店那种一般人进不去的地方买到的——"心武同志：感谢你的贺年片。你为什么还不来？什么时候搬家？冰心拜年十二，廿六，一九七八"。我寄给她的贺年片上什么图案呢？已无法想象。我自绘贺卡寄给她，是二十世纪九十年代后的事了。

检视这些几乎被老鼠啃掉的信件，我确信，冰心是喜欢我、看重我的。她几乎把我那时候发表的作品全读了。"感谢您送我的《大眼猫》，我一天就把它看完了。有几篇很不错，如《大眼猫》《月亮对着月亮》等。我觉得您现在写作的题材更宽了，是个很好的尝试。"（1981 年 11 月 12 日信）"《如意》收到，感谢之至！那三篇小说我都在刊物上看过，最好的是《立体交叉桥》，既深刻又细腻。"（1983 年 1 月 4 日信）"看见报上有介绍你的新作《钟鼓楼》的文章，正想向你要书，你的短篇小说集就来了，我用一天工夫把它从头又看了一遍，不错！"（1984 年 11 月 18 日信）1982 年我把一摞拟编散文集的剪报拿给她，求她写序，她读完果然为我的第一本散文集《垂柳集》写了序，提出散文应该"天然去雕饰"，切忌弄成"镀了金的莲花"，是其自身的经验之谈，也是对我那以后写作的谆谆告诫。二十世纪九十年代后我继续送书、寄书给她，她都看，都有回应。

1984 年左右，有天我去看望她，之前刚好有位外国记者采访了她，她告诉我，那位外国记者问她：中国年轻作家里，谁最有发展前途？她的回答是：刘心武吧。我当时听了，心内感激，口中无语，且跟老人家聊些别的。此事我多年来除了跟家人没跟外界道出过，写文章现在才是第一次提及。当年为什么不提？因为这种事有一定的敏感性。那时候尽管"50 后"作家已开始露出锋芒，毕竟还气势有限，但"30 后""40 后"的作家（那时社会上认为还属"青年作家"）势头正猛、海内外影响大者为数不少，我虽忝列其中，哪里能说是"最有发展前途"呢？我心想，也许是因为，二十世纪初的冰心，是以写"问题小说"走上文坛的，因此她对我这样的也是以"问题小说"走上文坛的晚辈，有一种特殊的关照吧。其实，那时候的冰心已经过八望九，人们对她，就人而言是尊敬有余，就言而论是未必看重。采访她的那位外国记者，好像事后也没有公布她对我的厚爱。那时候国外的汉学家、记者，已经对"伤痕文学"及其他现实主义的作品失却热情，多半看重能跟西方现代主义、后现代主义接轨的新锐作家和作品。而在引导文坛创作方向方面，冰心的话语权极其有限，中国作家协会领导层的几位著名评论家那时具有一言九鼎的威望。比如冯牧，他在我发表《班主任》《我爱每一片绿叶》后对我热情支持寄予厚望，但是在我发表《立体交叉桥》后就开始对我摇头了。正是那时候，林斤澜大哥告诉我，从《立体交叉桥》开始，我才算写出了像样的小说，冰心则赞扬曰"既深刻又细腻"，但是他们的肯定都属于边缘话语。在那种情况下，我如果公开冰心对我的看好，会惹出"拉大旗，作虎皮"的鄙夷。只把她的话当作一种私享的勉励吧。

现在时过境迁，冰心已经进入二十世纪的历史。虽然如今的"80后""90后"也还知道她，她的若干篇什还保留在中小学教材里嘛，但她已经绝非"大旗"更非"虎皮"，一个"90后"这样问过我："冰心不就是《小橘灯》吗？"句子不通，但可以意会。有"80后"新锐作家更直截了当地评议说，冰心"文笔差"，那么，现在我可以安安心心地公布出，一位八十多岁的"文笔差"的老作家，认为一位那时已经四十出头的中年作家会有发展，确有其事。

冰心给我的来信里偶尔会有抒情议论。如："……这封信本想早写，因为那两天阴天，我什么不想做。我最恨连阴天！但今天下了雪，才知道天公是在酿雪，也就原谅他了。我这里太偏僻，阻止了杂客，但是我要见的人也不容易来了，天下事往往如此。"（1984年11月18日信）

显然，我是她想见的客人。1990年12月9日她来信："心武：感谢你自己画的拜年片！我很好。只是很想见你。你是我的朋友中最年轻的一个，我想和你面谈。可惜我不能去你那里，我的电话……有空打电话约一个时间如何？你过年好！"如今我捧读这封信，手不禁微微发抖，心不禁丝丝苦涩。事实是，我二十世纪九十年代后去看望她的次数大大减少，特别是她住进北京医院的最后几年，我只去看望过她一次，那时坐在轮椅上的她能认出人却说不出话。那期间有一次偶然遇上吴青（冰心的女儿），她嗔怪我："你为什么不去看望我娘呢？"当时我含糊其词。在这篇文章后面，我会做出交代。

我去看望冰心，总愿自己一个人去，有人约我同往，我就找借口推托。有时去了，开始只有我一位客，没多久络绎有客来，我与其他客人略坐片刻，就告辞而退。我愿意跟冰心老人单独对谈，她似乎也很喜欢我这个比她小四十二岁的谈伴。真怀念那些美好的时光，我去了，到离开，始终只有我一个客，吴青和陈恕（冰心的女婿）稍微跟我聊几句后，就管自去忙自己的，于是，阳光斜照进来，只冰心老人，我，还有她的爱猫，沐浴在一派温馨中。

常常跟冰心谈到我母亲。母亲王永桃出生于1904年，比冰心小四岁。一个作家的"粉丝"（这当然是现在才流行的语汇），或者说固定的读者群，追踪阅读者，大体而言，都是其同代人，年龄在比作家小五岁或大五岁之间。1919 年 5 月 4 日那天，冰心（那时学名谢婉莹）所就读的贝满女子中学，母亲所就读的女子师范大学附属中学，有许多学生涌上街头，投入时代的洪流。母亲说，那天很累，很兴奋，但人在事件中，却并未预见到，后来成为中国近代史上的"五四运动"。那时母亲由我爷爷抚养，爷爷是新派人物，当然放任子女参与社会活动。但是母亲的同学里，就有因家庭羁绊不得投入社会而苦闷的。冰心那以后接连发表出"问题小说"，其中一篇《斯人独憔悴》把因家庭羁绊而不得抒发个性投入新潮的青年人的苦闷，鲜明生动地表述出来，一大批同代人读者深受感动。那时候母亲随我爷爷居住在安定门内净土寺胡同，母亲和同窗好友在我爷爷居所花园里讨论完《斯人独憔悴》，心旌摇曳，当时有同窗探听到冰心家在中剪子巷，离净土寺不远，提议前往拜访。后来终于没有去成。母亲 1981 年至 1984 年跟我住在北京劲松小区，听说我去海淀拜访冰心，笑道："倘若我们那时候结伙找到中剪子巷，那我就比你见到冰心要早六十几年哩！"我后来读了《斯人独憔悴》，没有一点共鸣，很惊异那样的文笔当时怎么会引出那样的阅读效果。母亲还跟我谈到那段岁月里读过的其他作家作品，她不止一次说到叶圣陶有篇《低能儿》，显然那是她青春阅读中最深刻的记忆之一。我直到现在也还没有读过叶圣陶的这个短篇小说。一位"80 后"算得"文艺青年"，他当然知道叶圣陶，也是因为曾在语文课本里接触过，但离开了课文，他就只知道"叶圣陶那不是叶兆言他爷爷吗"。在时光流逝中，许多作家作品就这样逐渐被淡忘。

自从冰心知道母亲是她的热心读者以后，每次我去了，都会问起我母亲，并且回忆起她们曾共同经历过的那些时代的一些大大小小的事情。我告别的时候，冰心首先让我给我母亲问好，其次才问我妻子和儿子好。回到家里，我会在饭后茶余，向母亲诉说跟冰心见面时聊到的种种。冰心赠予的签名书，母亲常常翻阅。记不得是在哪篇文章里，反正是冰心在美国写出的散文里面抒发她的乡愁，有一句是怀念北京秋天的万丈沙尘。母亲说这才是至性至情之文，非经过人道不出的。现在人写文章，恐怕会先有个环境保护的大前提，这样的句子出不来的。冰心写这一句时应该是在美国威尔斯利女子大学，或附近的疗养院，那里从来都是湖水如镜、绿树成荫。

　　1983年9月17日冰心来信："心武同志：你那封信写得太长了，简直是红豆短篇。请告诉你母亲千万别总惦着那包红豆了，也不必再买来。你忙是我意中事。怎么能责怪你呢？你也太把我看小了。现在你们全家都好吧？孩子一定又上学了？你母亲身体也可以吧？月前给你从邮局（未挂号）寄上散文集一本，不知收到否？吴青现在在英国参观，十月下旬可以回来。问候你母亲！"事情过去二十七年了，我现在读着这封信只是发愣。红豆是怎么回事？从这信来看，应该是母亲让我把一包红豆给冰心送去，而我忙来忙去（那时候我写作欲望正浓酽，大量时间在稿纸上爬格子码字，要么到外地参加"笔会"，那一年还去了趟法国），竟未送去，于是只好写信给冰心解释，结果写得很长，害得她看着很累，她说成短篇小说了，恐怕是很差的那种短篇小说。红豆，一种可以煮粥、做豆沙馅的杂粮；另一种呢，则是不能吃而寄托思念的乔木上结出的艳红的豆子，多用来表达恋人间的爱情，也可以推而广之用来表达友人间的情谊。

母亲嘱我给冰心送去的，究竟是用来食补的一大包红小豆，还是用来表达一个读者对作者敬意的生于南国的一小包纪念豆（我那一年去过海南岛，似乎带回过装在小口袋里的红豆）？除非吴青那里还存有历年人们写给冰心的信函，从中搜检出我那"红豆短篇"，才能真相大白，我自己是完全失忆了。但无论如何，冰心这封回信是一位作家和她同代读者之间牢不可破的文字缘的见证。

母亲最后的岁月是在祖籍四川度过的。1988 年冬，她仙逝于成都。1989 年 2 月 17 日冰心来信："心武同志：得信痛悉令慈逝世！你的心情我十分理解！尽力工作，是节哀最好的方法。《人民文学》散文专号我准备写关于散文的文字，自荐我最有感情的有篇长散文《南归》，不知你那里有没有我的《冰心文集》三卷？那是三卷 305—322 页上的，正是我丧母时之作。不知你看过没有？请节哀并请把你家的住址和电话告诉我。"

1987 年年初我遭遇到"舌苔事件"。1990 年我被正式免去《人民文学》杂志主编职务。我被"挂起来"，直到 1996 年才通知我"免挂"。冰心当然知道我陷窘境。上引 1990 年年底那封信，体现出的不只是所谓老作家对晚辈作家的关怀，实际上她是怕我出事情。我那时被机构里一些有权有势的人视为异类，在发表作品、应邀出国访问等事项上屡屡受阻。他们排斥我，我也排斥他们，我再不出席任何他们把持的会议和活动。即使后来机构改换了班子，对我不再打压，我也出于惯性，不再参与任何与机构相关的事宜。我在民间开拓出一片天地。我为自己创造了一种边缘生存、边缘写作、边缘观察的存在方式。二十世纪九十年代初，我只能尽量避开那些把我视作异类甚至往死里整的得意人物，事先打好电话，确定冰心那边没有别人去拜望，才插空去看望她一下。冰心也很珍惜那些我们独处的时间。记得有一回她非常详尽地问到我妻子和儿子的状况，我告诉她以后，她甚表欣慰，她告诉我，只要家庭这个小空间没有乱方寸，家人间的相濡以沫，是让人得以渡过难关的最强有力的支撑，有的人到头来挨不过，就是因为连这个空间也崩溃了。但是，到后来，我很难找到避开他人单独与冰心面晤的机会。我只是给她寄自绘贺卡、发表在其他地方的文章剪报。我把发表在台湾地区《中时晚报》上的《兔儿灯》剪报寄给她，那篇文章里写到她童年时拖着兔儿灯过年的情景，她收到马上来信："心武：你寄来的剪报收到了，里面倒没有唐突我的地方，倒是你对于自己，太颓唐了！说什么'年过半百，风过叶落'，'青春期已翩然远去'，又自命为'落翎鸟'，这不像我的小朋友刘心武的话，你这些话说得我这九十一岁的人感到早该盖棺了！我这一辈子比你经受的忧患也不知多多少！一定要挺起身来，谁都不能压倒你！你像关汉卿那样做一颗响当当的铁豆……"（1991年4月6日信）重读这封来信，我心潮起伏而无法形容那恒久的感动。敢问什么叫作好的文笔？在我挨整时，多少人吝于最简单的慰词，而冰心却给我写来这样的文字！

吴青不清楚我的情况。我跟她妈妈说的一些感到窒息的事、一些大苦闷的话她没听到。整我的人却把冰心奉为招牌，他们频繁看望，既满足他们的虚荣心，也显示他们的地位。冰心住进北京医院后，1995年，为表彰她在中国译介纪伯伦诗文的功绩，黎巴嫩共和国总统签署了授予她黎巴嫩国家级雪杉勋章的命令，黎巴嫩驻中国使馆决定在北京医院病房为冰心授勋。吴青代她母亲开列了希望能出席这一隆重仪式的人员名单，把我列了进去。有关机构给我寄来通知，上面有那天出席该项活动的人员的完整名单，还特别注明有的是冰心本人指定的。我一看，那些整我的人，几乎全开列在名单前面，他们是相关部门头头，是负责外事活动的，出席那个活动顺理成章，当然名单里也有一些翻译界名流和知名作家，有的对我一直友善。我的名字列在后面显得非常突兀。我实在不愿意到那个场合跟那些整我（他们也整了另外一些人）的家伙站到一起。在维护自尊心及行为的纯洁性和满足冰心老人对我的邀请这二者之间，我毅然选择了前者。我没有去。吴青后来见到我有所嗔怪，非常自然。到现在我也并不后悔自己的抉择。其实正是冰心教会了我，在这个世道里，坚决捍卫自我尊严该是多么重要！

2010 年 9 月 25 日　温榆斋

请启功题字

这个题目有问题。但又确实该是这么个题目。怎么回事？听我絮絮道来。

我虽然出生在成都，祖籍却是四川省安岳县。安岳这个地方知名度不高。一位同乡夸张地说，历史上安岳属于"兵家必弃之地"，烽烟在远处，那里还很安静，却已改朝换代，大局定鼎，新政权派人去接收就是。前些年有人问我究竟祖籍哪里，怕说安岳他耳生，就说是内江，但近年来同乡告知我，安岳已不再属于内江，改辖资阳，一处地方行政归属变来变去，可见总如舞台上的配角。有人问我是否回过祖籍，四十多年前回过，印象最深的，是在县城理发馆理发，大热天，没有电扇，理发师一边给我理发，一边踩动座椅下的机关，那机关以绳索滑轮牵动，将座椅背后墙面上用十几把蒲扇缝在一起构成的巨扇，于张合之中，形成习习凉风。这情形我至少跟两位影视导演讲过，都说绝妙，大可摄入剧中，但至今也还没见他们采用。改革开放以后，安岳随全国一起进步，有从意大利归来的安岳人，先引进了西西里柠檬，后来又培植出从美国引进的尤力克品种，所产柠檬品质超越原产地，如今安岳已是知名的柠檬之乡，有一天在超市听一顾客问布货员："这柠檬肯定是安岳的吗？"回答："那当然。"我就忍不住插嘴："我家乡的。比进口的还好。"

二十几年前的一天，忽然有安岳县政府的人士来北京找到我家，老乡见老乡，虽没泪汪汪，确也热中肠。我问家乡变化，他们细说端详。最后告诉我，县里要盖第一个宾馆，想请北京的书法大家启功题写"安岳宾馆"四个字，他们觉得，我笃定能够面见启功，为家乡实现这一心愿。我令他们深深失望了。我坦言与启功先生并无交往，而且就我所知，启功八十满寿前宣布不再为人题字，虽然我亟欲为家乡效劳，但此事真真爱莫能助。

家乡人来是一盆火，去是一桶冰。但生活还要继续，我在强烈的内疚煎熬下，依然写作，那时我开始把自己阅读思考《红楼梦》的心得，写成一些短文，投给杂志和报纸副刊，《大观园的帐幔帘子》一文被某杂志退回，又投到《团结报》副刊一试，没想到编辑韩宗燕不仅容纳，还约我开一个《红楼边角》的专栏，给我从"边角"入手阐释《红楼梦》的机会。韩宗燕到我家来，我问她怎么会容纳别处的退稿，她就告诉我，她父亲曾是天津《新港》杂志的编辑，有一天收到一篇来稿，是王蒙的短篇小说《组织部来了个年轻人》，读后未觉达标，便退稿，没承想王蒙的小说没多久就在《人民文学》刊出，题目调整为"组织部新来的青年人"，轰动了全国，后来更成为文学史上必录、大学课堂上必讲的里程碑作品。韩宗燕女承父业后，父亲就总以此事告诫她，做编辑一定要突破"既定标准"，对"不规范"而"眼生"的文字格外重视，否则必有遗珠之恨。那时周汝昌先生从《团结报》上看到我《红楼边角》的短文，竟大为赞赏，除著文公开表扬，还开始跟我通信，我走上研红之路，正是周先生引领。而另一位学者张中行，红学虽非他主业，也涉猎不浅，看过我的《红楼边角》，竟表示愿与我面谈，韩宗燕便出面约我与中行先生在北海仿膳小酌闲聊。

跑题了吗？没跑。我和中行先生闲聊中，报出心中郁闷，就是家乡来人想请启功先生题字，而我竟无能为力。中行先生就笑："你怎么不早说？请他题字，求我就好！"我喜出望外："真的？启功先生不是声明，他再不题字了吗？"中行先生就说："声明有效！不过偶有例外。我让他题，他必定题！"我端起酒杯敬他，自己一饮而尽。

与行公畅饮后，我立即与安岳方面联系，他们说还是联络不到启功先生，我就告诉他们我有线索了，他们欣喜若狂，我说一旦得到启功先生墨宝，第一时间通知他们，双手奉献亲爱的故乡。

那时行公的忘年交靳飞也跟我交往，他和日本波多野真矢喜结良缘，波多野真矢祖父波多野乾一著有中国京剧史，她不仅一口京片子，还把中国昆曲、京剧剧本翻译到日本，自己也能登台演唱，他们在东四宾馆完全按中国传统形式办婚事，新娘子乘花轿到场，靳飞长袍马褂，来宾里三联书店的范用也穿长衫，我近前祝贺，靳飞笑问我愿不愿穿长衫，新娘子说我穿长衫再围长围巾会"非常来劲儿"，打趣中，瘦高的行公到了，是来主婚的，他呢，却是一身西服革履，斜戴顶猩红的法兰西帽，笑嘻嘻跟我握手，问："还认得出吗？"呀！这才看出，他拉双眼皮了！那年他已逾八十，竟风流倜傥宛若翩翩少年。婚宴中我插空问行公，启功先生真能题写"安岳宾馆"吗？他告诉我："启功慢性子，不过，慢工可是出细活呀！"我就心想，究竟得等到多久，才能让故乡引颈以待的人士笑逐颜开呢？

没想到只过数日，靳飞飘然而至，说行公让他给我送启功墨宝来了！"安岳宾馆"四个字和签名一望就是启功独有的风格。靳飞也是来道别，他要跟媳妇去日本，为中日文化交流做实事。送走靳飞，我立马给安岳方面打电话，他们有仍在京城的，说当天就来取墨宝。傍晚故乡的人士到了，往我单元里搬进三箱十八瓶茅台酒，说两箱是给启功的酬谢，一箱是奖赏我的，我把墨宝交付他们，告诉他们三箱美酒都应送给启功先生。但是我自己并不知道启功先生住在哪里，可如何转交？只好致电尚未动身的靳飞，他正好跟行公在一起，转达行公的话："启功不会喝酒，给他干什么？都给我搬来，我留着喝！"靳飞后来果然把三箱酒搬去交付了行公，行公则让他送来签名盖章的赠书《负暄琐话》《禅外说禅》，于我是茅台酒不可相比的珍品。靳飞就告诉我，行公与启功非一般交情，在人生最艰难的日子里，他们相濡以沫，如今生正逢时，更嘤鸣相应，若非行公代我求字，那是哪怕天皇老子去索，启功也是懒得搭理的啊。

说了归齐，我直到启功先生 2005 年九十三岁驾鹤西去，仍未见过他。这篇文章题目中的大主角竟无从亮相。但文中的流年碎影，读来或可破闷。读者诸君都可从网络上查到安岳宾馆的照片，那镌在楼墙上的启功题字，确确实实是经我手递交给故乡的呀。

2017 年元旦　温榆斋

青春的眉眼

　　我在北京一条僻静的小街上住过八年，那条街上没几个院门，我们那个小杂院在尽南头，门总是敞着；北边有个总是紧闭着的小院门，很不显眼，但当我知道写《青春之歌》的作家杨沫就住在里面以后，每当走过那小院门时，就觉得非常的神秘。偶尔也会遇上那院门打开，走出人来，但很少是杨沫本人。直到改革开放以后，有一天，我才在那小街上把杨沫看清楚。先是开来一辆小轿车，我眼尖，车子掠过时，隔着车窗便瞥见了她，跟我看到过的新闻照片里的形象完全契合，于是我就站住不动，等着车子停下后，她出来时，好看个一清二楚。车子停在她家门外，咦，怎么出来了两个杨沫？细看，仿佛从一个模子倒出来的，只是一个更胖些，脸庞更大些，眉眼稍微粗糙些……另一个，呀，那不是电影明星白杨吗？后来知道，杨沫跟白杨是亲姐妹，怪不得！

但是，很快地，那以后我很幸运地进入了文坛，并且成为北京市的专业作家，跟杨沫成了同事，开会常常坐在一起，觉得她蔼然可亲，善待晚辈，但神秘感也就随之消失。

不过，《青春之歌》是我青春记忆里最鲜明的事物之一，虽然那是小说，但也相信大体是根据杨沫本人的若干生命体验，再加虚构写成的，因此，小说里的主要人物，必有原型，而余永泽的原型究竟是谁呢？我成为专业作家以后，依然心存好奇。十多年前，忽然有黑龙江人民出版社出版的一本《负暄琐话》在书店里屡售屡尽，而且还上了书摊，那时候媒体对书籍不像这几年这么刻意炒作，像我去买这本书，就不是因为受了媒体鼓动，而是因为有口碑相传。"负暄"这个词儿按说相当生僻，我若不是熟悉《红楼梦》里贾珍负暄的情节，恐怕也得去查字典才能懂得是冬天晒太阳的意思。《负暄琐话》以及后来所出的续话，内容且不评说，那文风相当地个性化，读来真有暖酥酥的感觉。于是记住了作者张中行。一次有个年轻的编辑来约稿，提起此人，他告诉我："他就是余永泽的原型。小说为了典型化，把余永泽写成越来越坏，其实张中行一生清白，解放后一直从事中学语文教材的编选工作，'文革'期间，杨沫也受冲击，'造反派'去找张中行揭发，本以为他一定借机报复，谁知他一再申明：那时候杨沫是革命的，他是没去革命的。后来杨沫听说了这情况也很感动。"又说电影里之所以请于是之扮演余永泽，因为形象极为接近，包括单眼皮小眼睛，也是因素之一。

那以后不久，忽有小伙子名靳飞者来请我参加他与日本女士喜结连理的典礼，说证婚人请的是张中行，我一听非常高兴，心想这下能见到"余永泽"了，头脑里便浮现出电影里于是之的那眉眼神态来。到了那天，婚礼上一见，我不禁大吃一惊，张中行个头儿诚然颀长，做派却绝非电影里那个姓余的那么儒雅矜持，他戴一顶法兰西帽，言谈极欢，肢体语言幅度很大，很难相信已是古来稀的年龄；更有意思的是，他原来确实是于是之那样的单眼皮，却刚刚兴致勃勃地去拉了双眼皮，望去分明是一副充溢着顽童般笑意的青春眉眼！

再后，我的祖籍四川安岳县为发展旅游事业，盖了个安岳宾馆，想请启功先生题字，县里领导找到我，非要我完成这个任务，真叫我一筹莫展。多亏靳飞替我求了张老，张老再转求启功，竟由靳飞送来了大书法家的真迹！我忙把县里留作润笔的几瓶五粮液交给靳飞，请他再转由张老送达启功先生。几天后我问靳飞，酒送达了没有？他学着张老顽皮的表情说："给他干什么？他根本不会喝酒！我留下，要喝个痛快！"噫，有趣如此，"余永泽"岂能望其项背？

去年电视里有连续剧《青春之歌》出现，余永泽的形象被正面化了，有人告诉张老，据说他笑道："何必？"真的没必要，小说归小说，角色归角色，而真实的生命，那青春的眉眼是难以描摹的。

醉眼不蒙眬

我认识汪曾祺的时候，他还并不到花甲，容貌却十足地使我觉得老气横秋，背已微驼，头上毛发稀疏，牙齿也已经七零八落。我头一回见到他，是在粉碎了"四人帮"后，在林斤澜家中，那时知道他是京剧样板戏《沙家浜》的剧本执笔，身份是北京京剧院的编剧，在单位里处境似乎不是太好，谈话间，他绝不提文学艺术方面的事儿，但说到烹饪什么的，却既内行又生动。倒是林大哥有劝他写小说的话，他也不接那话茬儿。

那时候，我算是北京市文联的专业作家，有一天去单位，路过《北京文学》编辑部，只见也是老气横秋的李清泉坐在那儿，手里举着份什么稿子，就着窗外射进的阳光，两眼透过瓶子底般的眼镜，嗫着嘴唇，在那里审读，觉得他那姿势神态非常可乐。老李1957年以前曾是《人民文学》杂志的编辑部主任，粉碎"四人帮"后到《北京文学》主持编务，真是把憋了二十多年的劲头全铆上去了。过了些天，我跟几位文友模仿起老李看稿的痴迷样儿，他们都笑软了；但同时就有人正告我："知道吗，他签发了一篇有突破性的短篇小说！"那就是汪曾祺的《受戒》。

那个时期的文学，在"伤痕文学""反思文学""改革文学"等浪潮涌过后，《受戒》把沈从文曾挥洒过而中断了多年的田园唯美小说，重新引回了文学百花园，令人精神一爽。年过花甲后，汪曾祺被人们普遍地尊称为汪老，他的创作生涯，竟出乎他自己意料地进入了一生中最顺畅也最辉煌的时期，他的小说一篇接一篇地发表出来，好评如潮，崇拜者甚众。最近我看到一本书，批判十位名作家，其中一位是他。编写这种书的批评家，对非进入经典名册或非为世人所耳熟能详的作家作品，是绝对不屑一顾的；汪老仙逝已有数年，不知他在仙界读到时，会现出怎样的表情？

1982 年，我和汪老、林大哥等人，应四川作协邀请，在全川兜了一大圈。二十多天里，我熟悉了汪老的人间表情。汪老嗜酒，但不是狂喝乱饮，而是精于慢斟细品。我们到达重庆时，正是三伏天，那时宾馆里没有空调，只有电扇，我和一位老弟守在电扇前还觉得浑身溽热难耐，汪老和林大哥居然坐到街头的红油火锅旁边，优哉游哉地饮白酒，涮毛肚肺片；我们从宾馆窗户望出去，正好把他们收入眼底，那"镜头"直到今天依然没有模糊。后来他二人酒足肉饱回来，进到我们屋，大家"摆龙门阵"，只见酒后的汪老两眼放射出电波般的强光，脸上的表情不仅是年轻化，而且简直是孩童化了，他妙语如珠，幽默到令你从心眼上往外蹿鲜花。

后来更发现这是一个规律：平常的时候，特别是没喝酒时，汪老像是一片打蔫的秋叶，两眼蒙眬昏花，跟大家坐在一处，心不在焉，你向他喊话，或答非所问，或竟置若罔闻。可是，只要喝完一场好酒，他把一腔精神提了起来，那双眼就仿佛又充了电，思路清晰，反应敏捷，寥寥数语，即可使满席生风，其知识之渊博之偏门之琐细，其话语之机智之放诞之怪趣，真真令人绝倒！

1987 年，我访问美国时，应邀到爱荷华大学写作中心参加一个三天的活动，在那里遇到汪老，他是被邀住进那里的"五月花公寓"，做三个月长客的。为到美国他安了满口假牙，衣装也比在国内光鲜，但见到我时连说："唉，我已经倦游！"其实他说这话时才在那里待了不过十来天。那里缺少中国白酒，即使弄到了，又哪来重庆火锅那样的佐酒物？更何况缺少林大哥那样的"珠联璧合"的酒友。

1994 年，汪老、我，以及另外几位大陆作家，应台湾地区《中国时报》人间副刊邀请，去台北参加"两岸三边华文文学研讨会"，在香港机场转机时，汪老可真是老得糊涂了，过海关闸口时，他既拿不出护照，也找不见机票，懵懂得够呛，我和山西作家李锐两人，忙在他身上翻口袋，总算替他找全了应供检验的东西。但在台北活动中，酒后提起了精神，他仍能容光焕发，出语惊人。

据说，汪老写他那些小说，都是在酒后，双眼不仅不蒙眬，而是熠熠放光时，一挥而就的。我以为，若有人研究中国文人与酒的关系，汪老绝对是一个值得深入剖析的例证。

王小波，晚上能来喝酒吗？

　　北京有三座金刚宝座塔。一座在蜚声中外的风景名胜地香山碧云寺里。碧云寺的金刚宝座塔非常抢眼，特别是孙中山的衣冠冢设在了那里，不仅一般游客重视，更是政要们常去拜谒的圣地。另一座金刚宝座塔在五塔寺里，虽然离城区很近，就在西直门外动物园后面长河北岸，却因为不靠着通衢而鲜为人知，一般旅游者很少到那里去。五塔寺，是以里面的金刚宝座塔来命名的俗称，它在明朝的正式名称是真觉寺，到了清朝雍正时期，因为雍正名胤禛，"禛"字以及与其同音的字别人都不许用了，需"避讳"，这座寺院又更名为大正觉寺。所谓金刚宝座塔，就是在高大宽阔的石座上，中心一座大的，四角各一座较小的，五座石砌宝塔构成一种巍峨肃穆的阵式，攀登它，需从石座下卷洞拾级而上，入口则在一座琉璃瓦顶的石亭中。北京的第三座金刚宝座塔在西黄寺里，那座庙几十年来一直被包含在部队驻地，不对外开放。打个比方，碧云寺好比著名作家，五塔寺好比尚未引人注意的作家，而西黄寺则类似根本无发表的人士。

五塔寺的金刚宝座塔前面，东边西边各有一株银杏树，非常古老，至少有五百年树龄了。如今北京城市绿化多采用这一树种，因为不仅树形挺拔、叶片形态有趣，而且夏日青葱秋天金黄，可以把市容点染得富于诗意。不过，银杏树是雌雄异体的树，如果将雌树雄树就近栽种，则秋天会结出累累银杏，俗称白果，此果虽可入药、配菜甚至烘焙后当作零食，但含小毒，为避免果实坠落增加清扫压力以及预防市民特别是儿童不慎捡食中毒，现在当作绿化树的银杏树都有意只种单性，不使雌雄相杂。但古人在五塔寺金刚宝座塔两侧栽种银杏时，却是有意成就一对夫妻，岁岁相伴，年年生育，到今天已是夏如绿陵秋如金丘，银杏成熟时风过果落，铺满一地。

至今还记得十九年前深秋到五塔寺水彩写生的情景。此寺已作为北京石刻博物馆对外开放，在金刚宝座塔周遭，搜集来不少历经沧桑的残缺石碑、石雕，有相当的观赏与研究价值。但那天下午的游人只有十来位，空旷的寺庙里，多亏有许多飞禽穿梭鸣唱，才使我摆脱了灵魂深处寂寞咬啮的痛楚，把对沟通的向往通过画笔铺排在对银杏树的描摹中。

雌雄异体，单独存在，人与银杏其实非常相近。个体生命必须与他人、与群体同处于世。为什么有的人自杀？多半是他或她觉得已经完全失却了与他人、群体之间沟通的可能。爱情是一种灵肉融合的沟通，亲情是必要的精神链接，但即使有了爱情与亲情，人还是难以满足，总还渴望获得友情，那么，什么是友情？友情的最浅白的定义是"谈得来"，尽管我们每天会身处他人、群体之中，但真的谈得来的，能有几个？

一位曾到农村"插队"的"知青"，和我说起，那时候，生活的艰苦于他真算不了什么，最大的苦闷是周围的人里，没一个能成为"谈伴"的，于是，每到难得的休息日，他就会徒步翻过五座山岭，去找一位曾是他邻居，当时插队在山那边农村的"谈伴"，到了那里，"谈伴"见到他，会把多日积攒下的柴鸡蛋，一股脑儿煎给他以为招待，而那浓郁的煎蛋香所引出的并非食欲而是"谈欲"，没等对方把鸡蛋煎妥，他就忍不住"开谈"，而对方也就边做事边跟他"对阵"，他们的话题，在那样的地方那样的政治环境下，往往会显得非常怪诞，比如："佛祖和耶稣的故事，会不会是一个来源两个版本？"当然也会有犯忌的讨论："如果鲁迅看到《多余的话》，还会视瞿秋白为人生知己吗？"他们漫步田野，登山兀坐，直谈到天色昏暗，所议及的大小话题往往并不能形成共识，分手时，不禁"执手相看泪眼"，但那跟我回忆的"知青"肯定地说，尽管他返回自己那个村子时双腿累得发麻，但他获得了极大的心理满足，那甚至可以说是支撑他继续存活下去的主要动力！

人生苦短，得一"谈伴"甚难。但人生的苦寻中，觅得"谈伴"的快乐，是无法形容的。

"谈伴"的出现，又往往是偶然的。

记得那是 1996 年初秋，我懒懒地散步于安定门外蒋宅口一带，发现街边一家私营小书店，有一搭没一搭地迈进去，店面很窄，陈列的书不多，瞥来瞥去，净是些纯粹消遣消闲的花花绿绿的东西，不过终于发现有一格塞着些文学书，其中有一本是《黄金时代》，

"又是教人如何'日进斗金'的'发财经'吧？怎么搁在了这里？"顺手抽出，随便一翻，才知确是小说，作者署名王小波。书里是几个中篇小说，头一篇即《黄金时代》。我试着读了一页，呀，竟欲罢不能，就那么着，站在书架前，一口气把它读完。我要买下那书，却懊丧地发现自己出来时并未揣上钱包。从书店往家走，还回味着读过的文字，多年来没有这样的阅读快感了。我无法评论，只觉得心灵受到冲击。那文字的语感，或者说叙述方式，真太好了。似乎漫不经心，其实深具功力。人性，人性，人性，这是我一直寄望于文学，也是自己写作中一再注意要去探究、揭橥的，没想到这位王小波在似乎并未刻意用力的情况下，"毫无心肝"给书写得如此令人"毛骨悚然"。故事之外，似乎什么也没说，又似乎说了太多太多。

也不是完全没听说过王小波。我从那以前的好几年起，就基本上再不参加文学界的种种活动，但也还经常联系着几位年轻的作家、评论家，他们有时会跟我说起他们参加种种活动的见闻，其中就提到过"还有王小波，他总是闷坐一边，很少发言"。因此，我也模模糊糊地知道，王小波是一个"写小说的业余作者"。

真没想到这位"业余作者"的小说《黄金时代》如此"专业"，震了！盖了帽了！必须刮目相看。

那天晚饭后，忽来兴致，打了一圈电话，接电话的人都很惊讶，因为我的主题是："你能告诉我联系王小波的电话号码吗？"广种薄收的结果是，其中一位告诉了我一个号码："不过我从没打过，你试试吧。"

那时候还没有"粉丝"的称谓，现在想起来，我的作为，实在堪称"王小波的超级粉丝"。

我迫不及待地拨了那个得来不易的电话号码。那边是一个懒懒的声音："谁啊？"

　　我报上姓名。那边依然懒懒的："唔。"

　　我应该怎么介绍自己？《班主任》的作者？第二届茅盾文学奖获奖作品《钟鼓楼》的作者？《人民文学》杂志前主编？他难道会没听说过我这么个人吗？我想他不至于清高到那般程度。

　　我就直截了当地说："看了《黄金时代》，想认识你，跟你聊聊。"

　　他居然还是懒洋洋的："好吧。"语气虽然出乎我的意料，传递过来的信息却令我欣慰。

　　我就问他第二天下午有没有时间，他说有，我就告诉他我住在哪里，下午三点半希望他来。

　　第二天下午他基本准时，到了我家。坦白地说，乍见到他，把我吓了一跳。我没想到他那么高，都站着，我得仰头跟他说话。请他坐到沙发上后，面对着他，不客气地说，觉得丑，而且丑相中还带有些凶样。

　　可是一开始对话，我就越来越感受到他的丰富多彩。开头，觉得他憨厚，再一会儿，感受到他的睿智，两杯茶过后，竟觉得他越看越顺眼，那也许是因为他逐步展示出了其优美的灵魂。

　　我把在小书店立读《黄金时代》的情形讲给他听，提及因为没带钱所以没买下那本书，书里其他几篇都还没来得及读哩。说着我注意到他手里一直拎着一个最简陋的薄薄的透明塑料袋，里面正是一本《黄金时代》。我问："是带给我的吗？"他就掏出来递给我，我一翻："怎么，都不给我签上名？"我找来笔递过去，他也就在扉页上给我签了名。我拍着那书告诉他："你写得实在好。不可以这样好！你让我嫉妒！"

从表情上看，他很重视我的嫉妒。

我已经不记得随后又聊了些什么。只记得渐渐地，从我说得多，到他说得多。确实投机。我真的有个新"谈伴"了。他也会把我当作一个"谈伴"吗？

眼见天色转暗，到吃饭的时候了，我邀他到楼下附近一家小餐馆吃饭，他允诺，于是我们一起下楼。

楼下不远那个三星餐厅，我现在写下它的字号，绝无代为广告之嫌，因为它早已关张，但是这家小小的餐厅，却会永远嵌在我的人生记忆之中，也不光是因为和王小波在那里喝过酒畅谈过，还有其他一些朋友，包括来自海外的，我都曾邀他们在那里小酌。三星餐厅的老板并不经常来店监管视察，就由厨师服务员经营，去多了，就知道顾客付的钱，他们收了都装进一个大饼干听里，老板大约每周来一两次，把那饼干听里的钱取走。这样的合作模式很有人情味儿。厨师做的菜，特别是干烧鱼，水平不让大酒楼，而且上菜很快，服务周到，生意很好。它的关张，是由于位置正在居民楼一层，煎炒烹炸，油烟很大，虽然有通往楼顶的烟道，楼上居民仍然投书有关部门，认为不该在那个位置设这样的餐厅。记得它关张前，我最后一次去用餐，厨师已经很熟了，跑到我跟前跟我商量，说老板决意收盘，他却可以拿出积蓄投资，当然还不够，希望我能加盟，维持这个餐厅，只要投十万改造好烟道，符合法律要求，楼上居民也告不倒我们。他指指那个我已经很熟悉的饼干听说："您放心让我们经营，绝不会亏了您的。"我实在无心参与任何生意，婉言拒绝了。餐厅关闭不久，那个空间被改造为一个牙科诊所，先尽情饕餮再医治不堪饫甘餍肥的牙齿，这更迭是否具有反讽意味？可惜王小波已经不在，我们无法就此展开饶有兴味的漫谈。

记得我和王小波头一次到三星餐厅喝酒吃餐，选了里头一张靠犄角的餐桌，我们面对面坐下，要了一瓶北京最大众化的牛栏山二锅头，还有若干凉菜和热菜，其中自然少不了厨师最拿手的干烧鱼，一边乱侃一边对酌起来。我不知道王小波为什么能跟我聊得那么欢。我们之间的差异实在太大。那一年我五十四岁，他比我小十岁。我自己也很惊异，我跟他哪来那么多的"共同语言"？"共同语言"之所以要打引号，是因为就交谈的实质而言，我们双方多半是在陈述并不共同的想法。但我们双方偏都听得进对方的"不和谐音"，甚至还越听越感觉兴趣盎然。我们并没有多少争论。他的语速，近乎慢条斯理，但语言链非常坚韧。他的幽默全是软的冷的，我忍不住笑，他不笑，但面容会变得格外温和，我心中暗想，乍见他时所感到的那分凶猛，怎么竟被交谈化解为蔼然可亲了呢？

那一晚我们喝得吃得忘记了时间，也忘记了地点。每人都喝了半斤高度白酒。微醺中，我忽然发现熟悉的厨师站到我身边，弯下腰望我。我才惊醒过来——原来是在饭馆里呀！我问："几点了？"厨师指指墙上的挂钟，呀，过十一点了！再环顾周围，其他顾客早无踪影，厅堂里一些桌椅已然拼成临时床铺，有的上面已经搬来了被褥——人家早该打烊，困倦的小伙子们正捺住性子等待我们结束神侃离去好睡个痛快觉呢！我酒醒了一半，立刻道歉、付账，王小波也就站起来。

出了餐厅，夜风吹到身上，凉意沁人。我望望王小波，问他："你穿得够吗？你还赶得上末班车吗？"他淡淡地说："太不是问题。

我流浪惯了。"我又问:"我们还能一起喝酒吗?如果我再给你打电话?"他点头:"那当然。"我们也没有握手,他就转身离去了,步伐很慢,像是在享受秋凉。我望着他背影有半分钟,他没有回头张望。回到家里,我沏一杯乌龙茶,坐在灯下慢慢呷着,感到十分满足。这一天我没有白过,我多了一个"谈伴",无所谓受益不受益,甚至可以说并无特别收获,但一个生命在与另一个生命的随意的、绝无功利的交谈中,觉得舒畅,感到愉快,这命运的赐予,不就应该合掌感激吗?

在以后的几个月里,我不但把《黄金时代》整本书细读了,也自己到书店买了能买到的王小波其他著作,那时候他陆续在某些报纸副刊上发表随笔,我遇上必读。坦白地说,以后的阅读,再没有产生出头次立读《黄金时代》时那样的惊诧与钦佩。但我没有资格说"他最好的作品到头来还是《黄金时代》",而且,我更没有什么资格要求他"越写越好",他随便去写,我随便地读,各随其便,这是人与人之间能成为"谈伴"即朋友的最关键的条件。

我又打电话约王小波来喝酒,他又来了。我们仍旧有聊不尽的话题。

有一回,我觉得王小波的有趣,应该让更多的人分享。谁说他是木讷的?口拙的?寡言的?语塞的?为什么在有些所谓的研讨会上,他会给一些人留下了那样的印象?我就不信换了另一种情境,他还会那样,人们还见不到他闪光的一面。于是,我就召集一个饭局,自然还是在三星餐厅,自然还是以大尾的干烧鱼为主菜,以牛栏山二锅头和燕京啤酒佐餐,请来王小波,以及五六个"小朋友",拼桌欢聚。那一阵,我常自费请客,当然请不起也没必要请鲍翅宴,至多是烤鸭涮肉，多半就让"小朋友"们将就我，到我住处楼下的三星餐厅吃家常菜。常赏光的，有北京大学的张颐武（那时候还是副教授）、小说家邱华栋（那时还在报社编副刊）等。跟王小波聚的那一回，张、邱二位外，还有三四位年轻的评论家和报刊文学编辑。那回聚餐，席间也是随便乱聊。我召集的这类聚餐，在侃聊上有两个显著的特点：一是不涉官场文坛的"仕途经济"；一是没有荤段子，也不是事先"约法三章"，而是大家自觉自愿地摒弃那类"俗套"。但话题往往也会是尖锐的。记得那次就有好一阵在议论《中国可以说不》。有趣的是《中国可以说不》的"炮制者"也名小波，即张小波，偏张小波也是我的一个"谈伴"。我本来想把张小波也拉来，让两位小波"浪打浪"，后来觉得"条件尚未成熟，相会仍需择日"，就没约张小波来。《中国可以说不》是本内容与编辑方式都颇杂驳的书，算政论？不大像。算杂文随笔集？却又颇具系统。张小波原是二十世纪八十年代大学里的"校园诗人"，后来成为"个体书商"，依我对他的了解，就他内心深处的认知而言，他并非一个民族主义鼓吹者，更无"仇美情绪"，但他敏锐地捕捉到了那时候青年人当中开始涌动的民族主义情结，于是攒出这样一本"拟愤青体"的《说不》，既满足了有相关情绪的读者的表述需求，也向社会传达出一种值得警惕的动向，并引发出了关于中国如何面对西方、融入世界的热烈讨论。这本书一出就引起轰动，一时洛阳纸贵，连续加印，张小波因此也完成了资本初期积累，在那基础上，他的图书公司现在已经成为京城中民营出版业的翘楚。

王小波对世界、对人类的认知，是与《说不》那本书宣示相拗的。记得那次他在席间说——语速舒缓，绝无批判的声调，然而态度十分明确——"说不，这不好。一说不，就把门关了，把路堵了，把桥拆了。"引号里的是原话，当时大家都静下来听他说，我记得特别清楚。然后——我现在只能引其大意——他回顾了人类在几个关键历史时期的"文明碰撞"，表述出这样的思路：到头来，还得坐下来谈，即使是战胜国接受战败国投降，再苛刻的条件里，也还是要包含着"不"以外的容忍与接纳，因此，人类应该聪明起来，提前在对抗里揉进对话与交涉，在冲突里预设让步与双存。

王小波喜欢有深度的交谈。所谓深度，不是故作高深，而是坦率地把长时间思考而始终不能释然的心结，陈述出来，听取谈伴那往往是"牛蹄子，两瓣儿"的歧见怪论，纵使到头来未必得到启发，也还是会因为心灵的良性碰撞而欣喜。记得我们两个对酌时，谈到宗教信仰的问题。我说到那时为止，我对基督教、佛教、伊斯兰教都很尊重，但无论哪一种，也都还没有皈依的冲动。不过，相对而言，《圣经》是吸引人的，也许，基督教的感召力毕竟要大些？他就问我："既然读过《圣经》，那么，你对基督被钉死在十字架上以后，又分明复活的记载，能从心底里相信吗？"我说："愿意相信，但到目前为止，还是不怎么相信。"他就说："这是许多中国人不能真正皈依基督教的关键。一般中国人更相信轮回，就是人死了，他会托生为别的，也许是某种动物，也许还是人，但即使托生为人，也还需要从婴儿重新发育一遍——二十年后又是一条好汉嘛！"我说："基督是主的儿子，是主的使者，不是一般意义上的人。但他具有人的形态。他死而复活，不需要把那以前的生命重来一遍。这样的记载确实与中国传统文化里所记载的生命现象差别很大。"我们就这样饶有兴味地聊了好久。

聊到生命的奥秘，自然也就涉及性。王小波夫人是性学专家，当时去英国做访问学者。我知道王小波跟李银河一起从事过对中国当下同性恋现象的调查研究，而且还出版了专著。王小波编剧的《东宫·西宫》被导演张元拍成电影以后，在阿根廷的一个国际电影节上获得了最佳编剧奖。张元执导的处女作《北京杂种》，我从编剧唐大年那里得到录像带，看了以后很兴奋，写了一篇《你只能面对》的评论，投给了《读书》杂志，当时《读书》由沈昌文主编，他把那篇文章作为头题刊出，产生了一定影响，张元对我很感激，因此，他拍好《东宫西宫》以后，有一天就请我到他家去，给我放由胶片翻转的录像带看。那时候我已经联系上了王小波，见到王小波，自然要毫无保留地对《东宫西宫》褒贬一番。我问王小波自己是否有过同性恋经验？他说没有。我就说，作家写作，当然可以写自己并无实践经验的生活，艺术想象与概念出发的区别，我以为在于"无痕"与"有痕"，可惜的是，《东宫西宫》为了揭示主人公"受虐为甜"的心理，用了一个"笨"办法，就是使用平行蒙太奇的电影语言，把主人公的"求得受虐"与京剧《女起解》里苏三戴枷趱行的镜头交叉重叠，这就"痕迹过明"了！其实这样的拍法可能张元的意志体现得更多，王小波却微笑着听取我的批评，不辩一词。出演《东宫西宫》男一号的演员是真的同性恋者，拍完这部影片他就和瑞典驻华使馆一位卸任的同性外交官去往瑞典哥德堡同居了，他有真实的生命体验，难怪表演得那么自然"无痕"。说起这事，我和王小波都祝福他们安享互爱的安宁。

王小波留学美国时，在匹兹堡大学从学于许倬云教授，攻硕士学位，他说他对许导师十分佩服，许教授有残疾，双手畸形，王小波比画给我看，说许导师精神上的健美给予了他宝贵的滋养。王小波回国后先后在北京大学和中国人民大学任教，但是到头来他毅然辞去教职，选择了自由写作。想起有的人把他称为"业余作者"，不禁哑然失笑。难道所有不在作家协会编制里的写作者就都该称为"业余作者"吗？其实我见到王小波时，他是一个真正的专业作家。他别的事基本上全不干，就是热衷于写作。他跟我说起正想进行跟《黄金时代》迥异的文本实验，讲了关于《红拂夜奔》和《万寿寺》的写作心得，听来似乎十分地"脱离现实"，但我理解，那其实是他心灵对现实的特殊解读。他强调文学应该是有趣的，理性应该寓于漫不经心的"童言"里。

那时候王小波发表作品已经不甚困难，但靠写作生存，显然仍会拮据。我说反正你有李银河为后盾，他说他也还有别的谋生手段，他有开载重车的驾照，必要的时候他可以上路挣钱。

1997 年初春，大约下午两点，我照例打电话约王小波："晚上能来喝酒吗？"他回答说："不行了，中午老同学聚会，喝高了，现在头还在疼，晚上没法跟你喝了。"我没大在意，嘱咐了一句："你还是注意别喝高了好。"也就算了。

大约一周以后，忽然接到一个电话，声音很生，称是"王小波的哥儿们"，直截了当地告诉我："王小波去世了。"我本能的反应是："玩笑可不能这样开呀！"但那竟是事实。李银河去英国后，王小波一个人独居。他去世那夜，有邻居听见他在屋里大喊了一声。总之，当人们打开他的房门以后，发现他已经僵硬。医学鉴定他是猝死于心肌梗死。王小波也是"大院里的孩子"，他是在教育部的宿舍大院里长大的，大院里的同龄人即使后来各奔西东，也始终保持着联系。为他操办后事的大院"哥儿们"发现，在王小波电话机旁遗留下的号码本里，记录着我的名字和号码，所以他们打来电话："没想到小波跟您走得这么近。"

骤然失去王小波这样一个"谈伴"，我的悲痛难以用语言表达。

生前，王小波只相当于五塔寺，冷寂无声。死后，他却仿佛成了碧云寺，热闹非凡。甚至还出现了关于他为什么生前被冷落的问责浪潮。几年后，一位熟人特意给我发来"伊妹儿"，让我看附件中的文章，那篇文章里提到我，摘录如下：

　　王小波将会和鲁迅一样地影响几代人，并且成为中国文化的经典。王小波在相对说来落寞的情况下死去。死去之后被媒体和读者所认可。他本来在生前早就应该达到这样的高度，但由于评论家的缺席，让他那几年几乎被湮没。看来我们真不应该随便否定这冷漠的商业社会，更不应该随便蔑视媒体记者们，金钱有时比评论家更有人性，更懂得文学的价值……为什么要这样？我们没有权利去批评王蒙刘心武（两人都在王小波死后为他写过文章）……他们的主要任务不是发表评论，而是创作……

这篇署名九丹、阿伯的文章标题是《卑微的王小波》，文章在我引录的段落之后点名举例责备了官方与学院的评论家。这当然是研究王小波的可资参考的材料之一。不知九丹、阿伯在王小波生前与其交往的程度如何，但他们想象中的我只会在王小波死后写文章（似有"凑热闹"之嫌），虽放弃了对王蒙和我的批评，而把板子打往职业评论家屁股，却引得我不能不说几句感想。王小波"卑微"？以我和王小波的接触（应该说具有一定深度，这大概远超出九丹、阿伯的想象），我的印象是，他一点也不卑微。他不谦卑，也不谦虚，当然，他也不狂傲，他是一个内向的，平和的，对自己平等，对他人也平等的，灵魂丰富多彩的，特立独行的写作者。他之所以应邀参加一些文学杂志编辑部召集的讨论会，微笑着默默坐在一隅，并不是谦卑地期待着官方评论家或学院专家的"首肯"，那只不过是他参与社会、体味人生百态的方式之一。他对商业社会的看法从不用愤激、反讽的声调表述，在我们交谈中涉及这个话题时，他以幽默的角度表达出对历史进程的"看穿"，常令我有醍醐灌顶的快感。

王小波伟大（九丹、阿伯的文章里这样说）？是又一个鲁迅？其作品是"中国文化的经典"？的确，我不是评论家，对此无法置喙。庆幸的是，当我想认识王小波时，我没有意识到他"伟大"而且是"鲁迅"，倘若那时候有"不缺席的评论家"那样宣谕了，我是一定不会转着圈打听他的电话号码的。

面对着我在五塔寺的水彩写生，那银杏树里仿佛浮现出王小波的面容，我忍不住轻轻召唤：王小波，晚上能来喝酒吗？

2008 年 12 月 1 日完稿于绿叶居

唯痴迷者能解味

2009年3月29日，我的私人助手鄂力接到手机短信，是周汝昌老前辈的儿子周建临发送给他的，他立即抄录到纸上，第二天送来给我看。

鄂力是搞篆刻的。他原是吴祖光和新凤霞的小朋友，后来成为我的忘年交之一，帮助我办些事。如今吴老、新老都已仙去，他帮我也已达十七年之久，他眼看着我从写《五十自戒》的中年人，也进入望七之年，如果他把那短信转到我的手机，我老眼看起费力，因此抄录拿来。

我接过一看，原来是周老的赠诗：

听儿子建临读心武兄报端《蜘蛛脚与翅膀》文章心有所感律句寄怀：

不见刘郎久，高居笔砚丰。

丹青窗烛彩，边角梦楼红。

观影知心健，闻音感境通。

新春快新雪，芳草遍城东。

《蜘蛛脚与翅膀》是我发表在天津《今晚报》个人专栏"多味煎饼"里的一篇文章。其中只有部分内容涉及《红楼梦》。没想到再次引起周老对我的关怀、鼓励与鞭策。

我自2005年到2008年，在中央电视台科教频道（CCTV-10）《百家讲坛》栏目录制播出了四十五集《刘心武揭秘〈红楼梦〉》，并陆续出版了四本同名书籍，颇为轰动。在讲座中，我一再申明，自己是遵从蔡元培先贤所倡导的"多歧为贵，不取苟同"的学术伦理的，并以清代袁枚的两句诗"苔花如米小，也学牡丹开"来为自己的发言身份定位。我也几次向听众和读者说明，我对《红楼梦》的研究，是在周汝昌前辈的影响下进行的，我的"秦学"研究里，融入了他大量的学术成果，而我所引用的周老的观点，都是先征得他的同意。当然，我对《红楼梦》的理解与周老也有若干不同甚至抵牾的地方，他也很清楚，但他从未要求我与他保持一致，我们在"境通"的前提下，始终尊重各自的"独解"。

周老年轻时，取得燕京大学西语系本科文凭，他的英文作文水平，曾令教授惊叹赞扬。当然，他后来又入燕大中文系研究院深造，国学底子打得也很坚实。他本来凭借英文水平高的优势，可以在大学英语系任教授，或从事英译中或中译英的翻译事业，但对《红楼梦》的热爱，使他走上了一条终身爱红、护红、研红的"不归路"。

1947年，周汝昌还没从大学毕业，就在报纸上就曹雪芹生卒年问题与胡适进行了答辩。胡适知道他不过是位尚未毕业的大学生以后，不但并不鄙夷他，1948年还在家里亲切地接待了他，更慨然把自己珍藏的古本（甲戌本）借给他。周汝昌和哥哥周祜昌征得胡适同意将甲戌本过录后，在解放军已经围城，从西郊燕京大学进城非常困难的情况下，周汝昌还是赶到了城里胡宅，将甲戌本原璧归还。胡适几天后到东单临时机场登上飞机，先离北京，后转往台湾地区，他登机时只带了两部书，其中一部就是周汝昌归还的甲戌本。鄂力跟我闲聊时曾议论，那时周先生如将甲戌本留住，待北京和平解放、新中国建立后，将其捐给国家，岂不是立一大功吗？我说，跟周先生接触不算多，但有一种很强烈的感觉，就是他毕竟是个纯书生，绝对不懂政治，也不善人际经营，用北京土话说，就是有些个"死凿"。日伪统治天津时，他闭门在家读书，拒绝为侵略者工作，爱国情怀是无可怀疑的，日本投降消息传来，他激动万分，但他不懂政治，政治的核心是权力争夺、分配，一个懂政治的人，那时不会仅仅是爱国，会有政治头脑，会进行政治站位选择，比如天津的日本鬼子投降了，那要看是谁来接收，如果是非自己所属所择的政治力量来接收，那就会冷静对待，而不会凭借朴素的爱国感情奔向街头，去迎接首批入城的战胜者。周先生那时知道日本投降了，激动地走出书斋，去欢迎胜利者，他哪里能预先知道，共产党那时出于战略考虑，军队并没有马上去天津，首先开进天津的，也并不是国民党军队，而是美国的海军陆战队。第二次世界大战，美国是反德、日法西斯的，美军是中国的盟军，这一般老百姓都是知道的，那么，既然首先进天津的是美军，那么，一般天津老百姓也就"箪食壶浆，以迎王师"，这难道应该责怪吗？周先生那时以孱弱的书生之躯，挤在街边人群中，想到日本鬼子终于失败，苦已尽甘将至，流下热泪，也就是非常自然的表现了。周先生不懂政治，但懂传统道德，借人物品，一定要归还。更何况甲戌本是珍贵的孤本，怎能留下不还胡适？胡的慨然借书和周的"完璧归赵"，与政治无关，却同是中国文人传统美德的体现。

　　1953 年，周先生出版了在当时引起轰动的《红楼梦新证》。那时胡适已经在台湾地区，而且继续从政。原来书里提及胡适全是中性表述，但大家想想，在那种情况下，出版社能那么出版吗？就由编辑操刀，加了些批判的语句，而且在胡适的名字前，加上"妄人"的二字定语。转眼就到了 1954 年，发生了毛泽东肯定两个"小人物"批评俞平伯《红楼梦研究》的著名事件，很快又发展为对胡适的批判。于是，《人民日报》上出现了周汝昌批判胡适并与之划清界限的文章。有些年轻人翻旧报纸合订本，看到了这文章，不禁大惊小怪，觉得周某人怎么能如此"忘恩负义"？你那《红楼梦新证》，从书名上看，就是承袭胡适的《红楼梦考证》的呀，你划得清界限吗？又何必去划清界限？你保持沉默不行吗？好在周先生在晚年出版了《我与胡适先生》一书，把来龙去脉交代得一清二楚。究其底细，其实应该是毛泽东本人态度的一个体现。1953 年周先生《红楼梦新证》出版之际，正逢中国文化界联合会召开大会，会上几乎人手一册。从后来"文革"中毛泽东让将《红楼梦新证》中《史料稽年》印成大字本供自己阅读，又对《新索隐》

中"胭脂米"一条十分感兴趣，以至找到那样的米煮粥招待来华访问的日本首相，诸如此类情况，都可以证明，毛泽东当时不仅看了《红楼梦新证》，而且起码对其中《史料稽年》和《新索隐》部分兴趣甚浓。显然，是毛泽东布置下一个任务：让周汝昌主动写文章与胡适划清界限并作自我批评，然后无事——也就是通过这个办法将他保护起来。当时周先生见批判俞平伯的火力特猛，又牵出胡适，当然紧张，焦虑中住到医院，忽然被毛泽东大力肯定的"小人物"之一李希凡飘然来至医院病床前，蔼然可亲，让他安心养病，又跟他说，他与俞平伯、胡适还是有区别的。这当然等于给周先生吃了一粒"定心丸"。从医院回到家中，不久就有《人民日报》文艺部的干部找到他家，我说周先生不懂政治，也不善人际经营，从他的回忆文章里可以找到很多例证，比如他在文章里一直说是《人民日报》的钟洛找的他，他竟浑然不知钟洛姓田，而且在文艺界几乎无人不知其笔名——袁鹰，后来出任《人民日报》文艺部主任，曾以儿童诗著名，又是散文名家。他回忆那时钟洛陪他坐邓拓专车去往《人民日报》社，那是他第一次（也可能是最后一次）坐上高干汽车，到了《人民日报》社，总编辑邓拓亲切地接待他……他哪里写得出合乎要求的文章来，后来以他署名发表的文章，其实是编辑部在他底稿上几经"彻底改造"完成的。那时候中国知识分子的处境就是那样，如果认为你没资格发表批判他人的文章，你写出的文章再"好"也不会刊用，而一旦确定一定要让你以批判他人的文章来"过关"，则你的文章再"不好"，也会帮你改"好"按计划发表。周先生当年就那么"过关"了。但他竟至今不明白，邓拓对他的态度是由当时毛泽东的态度决定的，他就误以为那以后能够让邓拓记住并保持那天的亲切态度。因此，他在另外的回忆文章里，写到1962年举办曹雪芹逝世200周年大展，邓拓出现时，他趋前打招呼，自报姓名，邓拓却十分冷淡，令他难堪，不禁耿耿于怀。他哪里知道，邓拓一直在政治的风口浪尖上浮沉，曾被毛泽东召到床前，痛斥他是"书生办报""死人办报"，后来就从《人民日报》卸职到了北京市委，在彭真领导下工作。1962年时他心情难好，正在思考许多问题，在《北京晚报》上写"燕山夜话"专栏，哪可能与周汝昌邂逅时喜笑颜开呢？

1953年冬天，我十二岁，因为五岁上学，所以那时已念到初中一年级。我早慧，那时受家里大人影响，已经读了《红楼梦》，而且很有兴趣。那时我家住北京钱粮胡同，胡同东口外马路对面，有家书店，我常去逛。有天在那书店里见到《红楼梦新证》，翻开看到有一幅"红楼梦人物想象图"，大吃一惊，因为我自己的想象，是从京剧舞台上衍生出来的，与那相距甚远。我就把那书买下来，回家捧读。似懂非懂，也难卒卷。但其中《迷失了的曹宣》和《一层微妙的过继关系》两节，令我有阅读侦探小说的快感。于是就跑到大人门前说嘴，惹得他们将书"没收"，拿去轮流阅读，然后我们家里就时时有关于《红楼梦》的讨论。那其实就是1991年（三十八年后）我开始大量发表"读红心得"，逐步形成"秦学"思路，以及到2005年推出集大成的《红楼望月》，并终于借助CCTV-10《百家讲坛》把自己研红心得以更大力度公诸社会，引起争议，产生轰动，拥有"粉丝"，欲罢不能的"原动力"。

1991年我在《团结报》副刊上开了一个"红楼边角"的专栏，时不时发表些谈主流红学界很少触及的"边角"话题，比如"大观园的帐幔帘子"什么的，没想到我这样一个外行人的外行话，竟引起了周先生的注意，他公开著文鼓励，更与我建立通信关系，使我获得了宝贵的动力，不为只是一粒苔花而自惭，也学牡丹，努力将自己小小的花朵胀圆。周先生对我，正如胡适当年对他，体现出学术大家对后进晚辈的无私扶持。

周先生给我的来信，均系他亲自手书。由于他早已目坏，坏到一目全盲一目仅剩 0.1 视力的程度，因此，他等于是摸黑在纸上写字，每个字都有铜钱那么大，而且经常是字叠字笔画叠笔画，辨认起来十分困难，但阅读他的来信，竟渐渐成为我的一大乐趣，而且过目次数多了，掌握了他下笔的规律，辨认的速度也越来越快，当然，往往时隔多日仍然不能认准的字，只能最后去请教他的女儿也是助手周伦苓女士。十多年积攒下来，已有好几十封。这些来信内容全是谈"红"，或是对我提出的问题的耐心回答，或是对我新的研红文章的鼓励与指正，更难能可贵的，是将他掌握的最新资料无私地提供给我，或将他最新的思路感悟直书给我。有出版社愿将周先生与我的通信出成一本书，供红迷朋友们参考，周伦苓女士也已经在电脑里录入了绝大部分通信，但一次电脑故障，排除后经格式化，竟将全部录入的资料丧失！不过相信通过再次努力，这本通信录早晚能够付梓。

我和周老虽有颇丰的书信来往，但我们见面的次数，十几年里加起来竟不过四五次而已。我去他家里拜访过他两次。他家的景况，坦率地说，破旧、寒酸，既无丰富的藏书，更无奢华的摆设，但在那里停留的时间略久，却又会感觉到有一种"辛苦才人用意搜"的氛围，一种"嶙峋更见此支离"的学术骨气，在氤氲，在喷薄。

周老原来的编制在艺术研究院红学所，他一不懂政治（大学有"大学政治"，研究所也有"学术政治"），二不善人际经营，因此申请退出红学所，人家也就乐得他退出，虽然还给他在红学会里保留虚衔，但学刊这些年基本上成了"批周园地"。也好。周老这些年一再申明，他不是什么"红学家"，更不懂何谓"红学界"。确实，周老何尝靠红学"吃饭""升官""发财"？他本是英文高手，二十世纪八十年代他和一些人士同时被邀到美国参加关于《红楼梦》的研讨会，下了飞机，过海关，人家看见推车上那么一大堆东西，当然就欲细查，偏其他人士都不会说英语，结果只好由周先生出面交涉，他告诉海关人员他们是一行什么人，为什么要携带如许多资料，因为他说出的英语竟是那么古典、规范，竟把海关工作人员镇住了，这就好比有金发碧眼的美国人进入中国过海关时，忽然开口用典雅的汉语说道："诸君，这厢有礼了。我们一行均是专业研究人员，因之必定要携带参加研讨会的丰富材料，盼理解，请通融……"美国海关人员听了，立即对他们免检放行。周老还写得一手漂亮的散文，他的散文集也出了不少。研究古典文学他也不仅在《红楼梦》这一个方面。他以九十岁高龄，在CCTV-10《百家讲坛》录制播出的《周汝昌评说四大名著》，把《水浒传》《三国演义》《西游记》的研究心得也表述得见解独特、生动活泼，大受欢迎，影响深远。他选注的宋代诗人杨万里、范成大的诗集几十年来不断重印。另外，我们不要忘记，周先生还是书法家，他论书法的专著，鄂力曾担任特约责任编辑，在热爱书法的群众中影响也非常之大。

我不想援引某些人士对周老那"红学泰斗"的称谓。人会被捧塌，巴掌太响亮会拍死人。周老是个普通人。他只是痴迷《红楼梦》。曹雪芹喟叹："满纸荒唐言，一把辛酸泪。都云作者痴，谁解其中味？"周老痴迷地研究了《红楼梦》一辈子，如今过了九十大寿，竟还有新观点提出，他称自己为"解味道人"，可见他的快乐并不是想当"红学泰斗"，更不想当而且远避"红学霸主"，他只是以对《红楼梦》不懈地深入体味有所解读而心生大欢喜。

我前些年每逢元旦将至，会手绘些贺年卡分寄亲友及所尊重的前辈文化人。在 2009 年现代文学馆举办的冰心纪念展上，展示了我给冰心老前辈的几张自绘贺卡，我没去看展览，鄂力去了，他回来跟我形容，我想起当时确实是那么画的。我自绘贺卡是"看人下菜碟"，很少重复同一构图，总是根据所寄赠的对象，来画出给他或她以惊喜的内容。记得我曾给周汝昌老前辈画去过"一簾春雨"的意境，因为我们在通信里讨论过，简化字方案将布制的"帘"与细竹签编成的"簾"统一为"帘"，结果古典诗词里的"一簾春雨"印成"一帘春雨"就完全不通了，因为"帘"会完全遮住门窗，只有"簾"才能因具有许多缝隙而构成"一簾春雨"的视觉效果并引发出浓郁诗意。我还就曹雪芹的好友张宜泉的诗句"有谁曳杖过烟林"画过意境图，作为贺年卡寄给周老。他每次接到我的贺卡都非常高兴，而且有诗作相赠。不过贺年卡因为要搁在邮政部门规范的信封里投寄，我绘制的尺寸都很小。但我也曾绘制过比较大幅的水彩画，如《大观园沁芳亭》。这样的画就只能先拍成缩照洗印出来，再粘到贺卡上。我也曾给周老寄去，他也非常高兴。

惭愧的是，虽然周老不时有诗赠我，我旧学功底太差，竟不能

与他唱和。但我心里一直充满对他的敬意与感激。我只能以这样的
话语答谢他——

唯痴迷者能解味，

拥知音众当久传。

2009 年 4 月 11 日完稿于绿叶居

优雅的白绸围巾

　　提起冯牧，就不免想起二十世纪七十年代末八十年代初，改革开放初期的那些难忘岁月。但这只是我个人的情感角度。冯牧在我还是个小孩子的时候，就已经是个著名的文学伯乐，他在云南扶植培养了一大批军旅作家，引起京城文坛瞩目，于是他从边陲调往首都，在《文艺报》任职，进一步成了著名的文学批评家。宗璞大姐那时和他是同事，据宗璞大姐回忆，有一回《文艺报》开会，会议室门开着，因为冯牧刚来不久，路过那门口的一位总务人员不认识他，不禁大惊小怪，对迎面走来的宗璞小声报告说："有外宾哩……"宗璞大姐顺那人所指一望，"外宾"者，冯牧也。那年月，夏天大家都无非一身短袖衬衫，发型也相差无几，冯牧怎么就偏给人一种"外宾"的感觉呢？这恐怕是他确实有种不同寻常的气质。

　　冯牧是美男子吗？我认识他的时候，他已年届花甲，依我看来，他既不阳刚，也非柔媚，风度不错但难说达于了翩翩，气质不俗却也未必十分地高贵，总之，我实在不明白怎么有那么多女士喜欢他，而且，有的哪里只是喜欢，确确实实地，是爱他，追求他。一位不期而至，干脆把行李带到他家；一位追踪他到出差地，缠住不放……我去拜访他时，目睹那突然袭来的热烈追求，更经常看到本地或远道而来的若干女士，虽然不是追求他想怎么样，但那跟他交谈时的眼神表情，真是特别地异样，仿佛沉溺在一种最甜蜜的心灵享受之中。从俗世的角度说，这是有艳福吧。但冯牧有过一次极其失败的婚姻，而且，他似乎根本无法再全面接受任何一位女士，在这方面，他的命运有种诡谲而神秘的色彩。

我能走上文坛，与冯牧的扶植是分不开的。我们一度过从颇密。1983 年法国南特电影节决定把根据我的小说改编的影片《如意》在开幕式放映，我应邀去法国，行前去冯牧那里，他竟非常地羡慕，告诉我他的出生地是巴黎，但后来再没去过法国。那时冯牧在中国作协负责外事，他却从未自诩为什么"作协的外交部长"，更没有"近水楼台先得法国月"。他在运用权力的问题上不仅是廉洁自律，而且有时可以说腼腆退让得令人吃惊，比如后来有人接手了作协外事工作，在上海金山开了个国际汉学家会议，与会的许多汉学家都是知悉冯牧在新时期文学中的拓荒牛作用的，都等着在会上跟他讨论交谈，但那位在作协领导班子里名次远在冯牧后面的操作者，却在长长的与会名单里"忽略"了冯牧，我得知后问冯牧："你怎么就算了？"他只苦笑了一下而已。

冯牧出身书香门第，敌伪时期他家住在西单一带的漂亮宅第里，他在德国教会学校辅仁中学上学——那学校解放后收归国有，改名北京十三中——我一度在那里当老师，所以有跟冯牧"前后师生"之谊。那时冯牧青春年少，春秋天一袭浅色长袍，脖颈上一条白绸围巾，学业优秀，而且师从程砚秋学唱程腔，造诣非凡。但他终于还是投身在了抗日救亡的时代大潮中。他告诉我，有一天日本宪兵搜索到他家，进了他的书房，他所藏匿的那些抗日传单几乎就要被搜出时，他家的一位男仆机智地捧来了一茶盘的香茗，使日寇的搜查不由得停顿，坐下喝了那些茶后，也就没再搜查下去。就在第二天凌晨，他转移了传单后，便坐上家里自备的黄包车，去了火车站，后来辗转投奔了延安，从此掀开了他生命史上新的篇章。

冯牧去世好几年了。现在许多年轻人已经不太知道他。但当代文学史上不能略去关于他的一笔。在我的人生记忆里，仿佛总嵌着那样一个他离家投奔理想的画面，一条优雅的白绸围巾，飘动着，令人无限怀念……

李黎小妹饮酒图

现在恐怕很多人都不知道孔罗荪了，那一年我三十七岁，站在六十七岁的孔罗荪面前，满心恭敬。那是 1979 年秋天，中国作家协会从被"砸烂"的废墟里重新搭建起来，孔罗荪从上海调到北京，参与中国作协的恢复事宜，他后来成为重新出版的《文艺报》双主编之一（另一主编是冯牧），还经常出面主持也是刚恢复的"外事活动"。孔罗荪是二十世纪二十年代末就开始写作的左翼作家，打我第一次到最后一次见到他的十来年里，他总是笑眯眯的，私下里我不免揣度他是否夜里睡觉也仍然笑眯眯，又乱想到在历次劫波里，他是否也正是靠那雷打不动的微笑去坚守去盼望去争取去穿越的？

1978 年，胡耀邦等从党内自上而下地使劲，跟群众中自下而上的努力汇合到一起，使得那段岁月几乎月月有新事，日日有进步，到那年年底，就量变而质变，正式确立了改革开放的新格局。我是改革开放最早的受益者之一。从 1978 年我就参与了中国作家协会恢复后最早的一些"外事活动"。记得那时候作协外联部的负责人之一是毕朔望，在新侨饭店第一次举办有外国记者参加的活动时，他底下有的工作人员还赧于大声说英语，毕朔望就鼓励说："怕什么？坦坦荡荡地交流起来！"1979 年我更常得到外联部通知，参与和境外来的作家、记者的会见活动，很快地也就泰然自若了。那天又参加一个人数颇多的见面活动，是孔罗荪出面主持。从境外来的是位美籍华人作家，她是从中国台湾到美国去定居的。1978 年她的夫君采访过我，并将访谈录在一家香港杂志上刊登出来。那时候积极主动打开门窗跟境外文化界进行交流的不止中国作协一个渠道，有的渠道存得更早而且态度更加从容，比如三联书店的总经理范用，他就牵头接待了若干从欧美来的人士，孔罗荪那天主持接待的那位女士，正是范用特邀到三联书店作过公开演讲的。虽说我那时已经多次参加涉外活动见过若干境外来客，但都是在指定的场所有领导主持，那天活动刚散，我走到孔罗荪面前，却提出了一个突破性的申请："她想单独到我家做客，我也想请她去。您说可以吗？"

令我没有想到的是，孔罗荪笑眯眯地说："可以呀！"后来，那到我家去的客人跟我说："我也没有想到，我提出来想去你家拜访，孔罗荪笑眯眯地说：只要刘心武欢迎，没问题呀！"

那客人就是李黎。是我有生之年第一次在家里接待的无陪同的境外来客。现在的年轻人会觉得有甚稀奇？但是，那一年，离因"里通外国"而被治罪的若干案例还不到三年。李黎来自美国，又有中国台湾背景，退回三年，我是无论如何不敢接触她的，遑论把她一个人请到自己家里私叙。

我带李黎乘公共汽车去我家。那时我家住在劲松。劲松老地名叫架松，据说是有座王爷坟，坟园里有棵老松树横着长，于是做了很多支架来支撑它的横体。后来在那里修建新的居民区，就根据著名诗句改叫劲松。1979年劲松只盖好了一区、二区，马路南面的三区、四区还在建设中，我们下了公共汽车，必须穿越工地，一路坑坑洼洼，有时我得牵着她的手，帮她跨越坑槽，不免道歉，她却说："很好。毕竟是在建设啊！"

我家住在五楼，无电梯，李黎活泼地跟我登到五楼。进了我家，介绍给我妻晓歌，没想到，她们竟一见如故。李黎事后说，她喜欢晓歌的淡定。那时候，常有人会在乍见到境外来客时或大惊小怪、热情过度，或惶惑拘谨、沟通失畅，晓歌则对李黎亲切自然、和善融通。我跟李黎谈起她的短篇小说《西江月》，赞其内涵深刻。李黎问能不能在我们屋里各处参观一下，我就带她在那个小小的单元里转了一下。她说前几天去清华大学拜访过几位在美国时认识的也是从中国台湾到美国去的人士，他们冲破层层阻挠在前几年就到了大陆，清华大学也给他们安排了宿舍，她觉得我住得比那些人士还好些，单元虽小，但如麻雀五脏俱全，又猜出端赖晓歌的布置，简洁而有雅气。晓歌制出了糖渍红果，用小玻璃盅端出请李黎品尝，多年过去，李黎说还记得那美味。

后来李黎又去了新疆，再到劲松，携来一把维族短刀赠我。那时我在恢复出刊的《收获》杂志上发表了短篇小说《等待决定》，属于主题先行之作，写一位科研人员因为家庭出身不好又有海外关系，公派出国有人阻挠，单位领导开会研究，会议室灯火通明，人们在等待最后决定。我跟李黎说读了她的新作《大风吹》，技巧圆熟，主题在明确与不明确之间，耐人寻味，对比起来自己很惭愧。李黎却说："你那小说不可妄自菲薄。我读了心中自有一种沉重。"当时她没细说，后来知道，她亲生父母兄姊一直生活在上海，因为有她以及她养父母等海外关系，特别是还牵扯到海峡两岸的问题，"等待决定"确实一度是生活中不可躲避的煎熬。

1987 年我第一次去美国，李黎邀我去她在圣迭戈的家里做客。她带我参观了著名建筑家路易斯·康设计的萨尔克生物研究所。那是一次何谓现代建筑艺术的启蒙。那个由若干斜置的四层楼房构成的建筑群的中庭，完全由水泥砌成，排斥任何花草树木及盆栽雕塑点缀，只在中轴设一浅槽，营造出一派静寂与安谧。但是，随着日光的变化，建筑群尽头的树丛与海平面却仿佛翻动的书页，令置身在中庭的人心潮随之波动。李黎又带我去那里最大的一个 MALL（购物中心），不是为了购物，而是见识"不同时间在同一空间里的并置"，也即"后现代主义"的一个典范。

1998 年我和晓歌联袂访美，那时因为李黎夫君薛人望已被斯坦福大学礼聘去担任基因方面的研究员，他们迁到斯坦福校区居住，我们就下榻他们家，过了一段悠然的日子。我们交往的核心，是文化，李黎开车带我们到旧金山及湾区，进入黑人教堂听新派唱诗，看民俗游行，参观不同的博物馆，到雅人家中进行雅集，他们邀我讲《红楼梦》，我 2005 年在 CCTV-10《百家讲坛》讲述的那些，其实已经在旧金山湾区的派对中小试锋芒了。

在湾区活动时，才发现李黎善饮，而且喜欢中国白酒，尤其欣赏北京牛栏山二锅头。她和那边的两位华裔文化老汉，组成了一个"二锅头会"，半月聚饮清谈一次，号称"三杯不醉文思满怀"。

李黎那几年里轻松连获台湾地区《联合报》《中国时报》的文学大奖，其长篇小说《袋鼠男人》又拍成了电影，散文随笔特别是游记联翩出版，原来只觉得她文笔洁净俏丽，见她饮酒情景后，再读其文，就感觉其中自有饮者的豪爽仙气在焉。

李黎原名鲍利黎。她生于1948年，比我小六岁。成为朋友以后，我并不"忘年"，把她当小妹看待。她1949年由舅舅舅母带往台湾省，在那里长大成人，但直到她从台湾大学毕业，到美国留学取得学位，并在那里定居以后，才知道自己并非养父母所生，生父母和兄姊一直在中国大陆。她在2010年《上海文学》第九期上发表了《昨日之河》，详尽揭示了其身世之谜，强调她在知晓了血缘后，仍坚定地把舅舅舅母认定为爸爸妈妈，"对他们除了那份感情上的孺慕之情，我更怀有一份理性上的感念与感恩"。在斯坦福家中，我和晓歌有时会跟伯母随意闲聊。后来伯母回上海定居，李黎从美国飞去探望，提及还要到北京会心武，伯母立即说："也要见到晓歌了。"李黎和我都觉得她妈妈和晓歌的性格很相近，都是恬淡平和人。可惜伯母和晓歌都仙去了，李黎和我再聚时都有人生倥偬之叹。

李黎青春期里，台湾地区行政当局禁读中国大陆包括鲁迅等左翼作家在内的现当代作品，但她为了追求真相偷读了不少禁书，到美国后更进行一番恶补。她第一次进入中国大陆才三十岁，但说起老作家及其作品如数家珍。她拜访茅盾，茅盾为她的小说集《西江月》题了书名。她拜访艾青后跟我说，艾青额头一侧那个鼓包里，一定藏着许多诗句。2001年她的长篇小说和散文集由作家出版社出版后得到版税，她在日坛公园一家餐馆里请下一个饭局，记得有王世襄袁荃猷、黄苗子郁风、丁聪沈峻、黄宗江阮若珊等多对伉俪光临，还有杨宪益、范用，以及我和晓歌，大家欢聚一堂，言谈极欢。从这样的聚餐可以看出李黎的文化认同。可惜这里面不少文化老人陆续地驾鹤西去。

2010年溽暑中，我和李黎、人望伉俪及他们的小儿子，在上海再聚。我们预订到了重新装修完的和平饭店七楼餐厅的窗景桌。窗外是外滩及黄浦江和浦东的璀璨景观，窗内是三十多年友情的旧澜新漪。转眼间当年那个在孔罗荪面前询问是否可到我家做客的才逾而立之年的女青年，如今竟也迈过了花甲门槛。岁月没有磨掉我们的谈兴，我们边饮边吃，聊文学，忆故人——上海有我和李黎共同的挚友谈伴李子云，而她竟也如一朵雅云升天而去——我又与人望争论起来，他搞基因研究，在生命复制方面节节推进，而我认为生命复制的科研应该停步，再往下发展就突破生命伦理的底线了！李黎却是支持人望的，指出我乃杞人忧天。餐后我们下楼到得酒吧门外，门里据说仍有老年爵士乐队在演奏怀旧金曲。有客出入，泄出里厢光影和乐句。李黎想跟我进去略饮一杯共舞一曲，争奈人望那天下午刚从旧金山飞抵上海第二天又要飞往成都讲学，时差没倒过来，不比早来上海的李黎精神抖擞，需要早点回住处歇息，我只好怏怏地跟他们道别。

晓歌逝后李黎人望曾来家里慰我。那天李黎自带了一瓶蓝色白花细颈凸肚的瓷装精品二锅头来，没有饮完，现在仍搁在我餐厅的多宝格里。见酒思友，不禁画出一幅李黎小妹饮酒图，不知远在斯坦福的她，今天能饮一杯无？

2010年11月4日　温榆斋

第五辑

路献给命运的紫罗兰

譬如朝露

到了花甲之年，曹操那"对酒当歌，人生几何？譬如朝露，去日苦多"的千古名句不免经常袭上心头。其实比曹操更早的诗人秦嘉已有"人生譬朝露，居世多屯蹇"的感慨，而曹操的儿子曹植又有"人生处一世，去若朝露晞"的沉吟，这说明以露喻命成了人们的一种通感。佛教《金刚经》称："一切有为法，如梦幻泡影，如露亦如电，应作如是观。"我以前一直觉得梦幻比朝露多彩，泡影比朝露浪漫，电光比朝露壮丽，四种并列的短促命相里，似乎唯有朝露最卑微凡庸。

我是个夜晚写作、上午睡觉的惫懒人物，虽然也写过《仙人承露盘》之类的作品，也跟着古人感叹过"譬如朝露"，其实，究竟朝露是怎么凝结出来的，以往并不曾专门观察过。近两年在京东远郊一个村子辟了一个书房，周围全是田野，那天下午，我到村外画水彩写生，结识了农民小陶，聊天当中，听他说及"接露"，很觉新奇。他种的那一大片地，引进的是香港地区的一种名称古怪的蔬菜，这种菜在生长期里朝露越旺质量越好，所以他经常天不亮就到地里去等待凝露。据他说，朝露的多寡旺涩取决于黎明时地面与低空的温差是否恰到好处，地面温度太低了不行，低空中的水汽太少也不行。他也不光是消极地等待，有时会燃些热烟熏地，或往菜田旁的沟渠里灌水，他说当晨光像灶膛般亮起来，看到菜叶上凝出了浑圆的露珠，心里头的高兴劲儿，跟看到老婆顺利生下胖娃娃一模一样。小陶说得我心痒，于是有一天我就让他天亮前来唤醒我，带我一起到田野里去"接露"。

近年北京气温持续偏高，雨水稀少，小陶边领我往田里去边叹气说，地皮散热虽然势头很旺，但是低空里水汽不足，所以露水很难凝出，就像婆娘生孩子难产一样，让人犯愁。又说不光他种的菜需要露水滋润，就是一般的庄稼，在这旱年里头，多点露水也能缓解旱情。深一脚浅一脚地跟他往前走时，露水的分量在我心上也沉重了起来。

我们来到田里时，东边天空已是蛋青色，小陶在田里游动，我遵他的叮嘱蹲在一株他称为"二胖子"的菜棵前，睁大眼睛观察那肥大的叶片。在朦胧的天光里，初看只觉得那片片蔫涩乏味，心想这样的蔬菜难道真像小陶所说，是专门供应高档餐馆的"摇钱菜"？稍后觉得脚下氤氲出些温热，而低空中沉旋下些微寒；再后，东边天际仿佛有天女散花，倏忽一扇霞光闪出，那边小陶喊了声"注意"，我忙更专注地盯视那片菜叶，陡然有晶莹微颤的露珠出现，那叶片竟也无风自颤起来，仿佛一觉醒来伸臂舒展打着长长的哈欠，我也不禁喊了声："看呀！"我更仔细地观察，觉得那几个露珠确实都像刚落生的娃娃，新鲜的生命透着单纯憨慤，有一粒悬在叶尖上，反射出朝霞的虹彩，欲滴未滴，淘气里透着聪慧……很快地，天光大亮，朝阳的射线密集地倾泻到田野里，眨眼之间，叶尖的露珠已然无声坠落，而叶片上的露珠，有的不知是怎么消失的，但有一粒，我清清楚楚地捕捉到了它浸润融会到叶脉里的那一瞬，确实，非常短暂，然而又非常辉煌——那晦暗中令我觉得萎蔫的叶片，因露珠兄弟姐妹的短暂生命，变得挺秀碧鲜！

"接露"后回到书房，我觉得有满心的香露正在浴灵。怎样看待自己的生命？譬如朝露？是的，即使能活到一百岁以上，放到无尽的宇宙坐标里去衡量，实在也短暂得可笑可怜。但是，倘若在我们短暂的生命过程里，哪怕仅有一次，我们真能像露珠一样，奉献自己而浸润了世界，令世上有价值的东西得以兴旺，那么，短暂还构成焦虑吗？我走到音响前，想从 CD 盘里找一阕最能呼应自己情思的乐曲……您猜，我选择了哪一阕？

人在风中

　　一位沾亲带故的妙龄少女，飘然而至，来拜访我。我想起她的祖父，当年待我极好，却已去世八九年了，心中不禁泛起阵阵追思与惆怅。和她交谈中，我注意到她装扮十分时髦，发型是"男孩不哭"式，短而乱；上衫是"阿妹心情"式，紧而露脐；特别令我触目惊心的，是她脚上所穿的"姐妹贝贝"式松糕鞋。她来，是为了征集纪念祖父的文章，以便收进就要出版的她祖父的一种文集里，作为附录。她的谈吐，倒颇得体。但跟她谈话时，总不能不望着她，就算不去推敲她的服装，她那涂着淡蓝眼影、灰晶唇膏的面容，也使我越来越感到别扭。事情谈得差不多了，她随便问到我的健康，我忍不住借题发挥说："生理上没大问题，心理上问题多多。也许是我老了吧，比如说，像你这样的打扮，是为了俏，还是为了'酷'？总欣赏不来。我也知道，这是一种时尚。可你为什么就非得让时尚裹挟着走呢？"

少女听了我的批评，依然微笑着，客气地说："时尚是风。无论迎风还是逆风，人总免不了在风中生活。"少女告辞而去，剩下我独自倚在沙发上出神。本想"三娘教子"，没想到却成了"子教三娘"。

前些天，也是一位沾亲带故的妙龄少女，飘然而至，来拜访我。她的装束打扮，倒颇清纯。但她说起最近生发出的一些想法，比如想尝试性解放，乃至毒品，以便"丰富人生经验"，跻身"新新人类"等；我便竭诚地给她提出了几条忠告，包括要珍惜自己童贞、无论如何不能去"尝尝"哪怕是所谓最"轻微"的如大麻那样的毒品……都是我认定的在世为人的基本道德与行为底线。她后来给我来电话，说感谢我对她的爱护。

妙龄少女很多，即使同是城中白领型的，看来差异也很大。那看去清纯的，却正处在可能失纯的边缘。那望去扮"酷"的，倒心里透亮，不但不需要我的忠告，反过来还给我以哲理启示。

几天后整理衣橱，忽然在最底下发现了几条旧裤子。一条毛蓝布的裤子，是四十年前我最心爱的，那种蓝颜色与那种质地的裤子现在已经绝迹；它的裤腿中前部已经磨得灰白，腰围也绝对不能容下当下的我，可是我为什么一直没有遗弃它？它使我回想起羞涩的初恋，同时，它也见证着我生命在那一阶段里所沐浴过的世俗之风。一条还是八成新的军绿裤，腰围很肥，并不符合三十年前我那还很苗条的身材；我回想起，那是我费了九牛二虎之力才讨到手的；那时"国防绿"的军帽、军服、军裤乃至军用水壶，都强劲风行，我怎么能置身于那审美潮流之外？还有两条喇叭口裤，是二十年前，在一种昂奋的心情里置备的；那时我已经三十八岁，却沉浸在"青年作家"的美谥里，记得还曾穿着裤口喇叭开度极为夸张的那一条，大摇大摆地去拜访过那位提携我的前辈，也就是如今穿松糕鞋来我家，征集我对他的感念的那位妙龄女郎的祖父；仔细回忆时，那前辈望着我的喇叭裤腿的眼神，凸现着诧异与不快，重新浮现在了我的眼前，只是，当时他大概忍住了涌到嘴边的批评，没有就此吱声。

人在风中。风来不可抗拒，有时也毋庸抗拒。风有成因。风既起，风便有风的道理。风就是风，它来了，也就预示着它将去。凝固的东西就不是风。风总是多变的。风既看得见，也看不见。预报要来的风，可能总也没来。没预料到的风，却会突然降临。遥远的地球那边一只蝴蝶翅膀的微颤，可能在我们这里刮起一阵劲风。费很大力气扇起的风，却可能只有相当于蝴蝶翅膀一颤的效应。风是单纯的、轻飘的，却又是诡谲的、沉重的。人有时应该顺风而行，有时应该逆风而抗。像穿着打扮、饮食习惯、兴趣爱好，在这些俗世生活的一般范畴里，顺风追风，不但无可责备，甚或还有助于提升生活情趣，对年轻的生命来说，更可能是多余精力的良性宣泄。有的风，属于刚升起的太阳；有的风，专与夕阳做伴。好风，给人生带来活力；恶风，给人生带来灾难。像我这样经风多多的人，对妙龄人提出些警惕恶风的忠告，是一种关爱，也算是一种责任吧。但不能有那样的盲目自信，即认定自己的眼光判断总是对的。有的风，其实无所谓好或恶，只不过是一阵风，让它吹过去就是了。于是又想起了我衣柜底层的喇叭裤，我为什么再不穿它？接着又想起了那老前辈的眼光，以及他的终于并没为喇叭裤吱声。无论前辈，还是妙龄青年，他们对风的态度，都有值得我一再深思体味的地方。

心里难过

　　深夜里电话铃响。是朋友的电话。他说："忍不住要给你打个电话。我忽然心里难过。非常非常难过。就是这样，没别的。"说完他挂断了电话。我从困倦中清醒过来。忽然非常感动。我也曾有这样的情况。静夜里，忽然有一种异样的情绪涌上心头，那情绪确可称之为"难过"。

　　并非因为有什么亲友故去。

　　也不是自己遭到什么特别的不幸。

　　恰恰相反：也许刚好经历过一两桩好事快事。

　　却会无端地心里难过。

　　不是愤世嫉俗。不是愧悔羞赧。不是耿耿于怀。不是悲悲戚戚。是一种平静的难过。但那难过深入骨髓。静静地意识到，自己的生命实体是独一无二的。不但不可能为最亲近最善意的他人所彻底了解，就是自己，又何尝真能把握那最隐秘的底蕴与玄机？

并且冷冷地意识到，自己对他人无论如何努力地去认知，到底也还是只近乎一个白痴。对由无数个他人组合而成的群体呢？简直不敢深想。

归纳，抽象，联想，推测，勉可应付白日的认知。但在静寂清凄的夜间，会忽然感到深深的落寞。于是心里难过。也曾想推醒妻，告诉她："我心里忽然难过。"也曾想打个电话给朋友，只是告诉他一声，如此如此。但终于都没有那样做，只是自己徒然地咀嚼那份与痛苦并不同味的难过。

朋友却给我打来了电话。

我自信全然没有误解。

并不需要絮絮的倾诉。简短的宣布，也许便能缓解心里的那份难过。或许并不是为了缓解，倒是为了使之更加神圣，更加甜蜜，也更加崇高。

在这个毋庸讳言是走向莫测的人生前景中，人们来得及惊奇来得及困惑来得及恼怒来得及愤慨来得及焦虑来得及痛苦或者来得及欢呼来得及沉着来得及欣悦来得及狂喜来得及满足来得及麻木，却很可能来不及在清夜里扪心沉思，来不及平平静静、冷冷寂寂地忽然感到难过。

白日里，人们杂处时，调侃和幽默是生活的润滑剂。

静夜里，独自面对心灵，自嘲和自慰是魂魄的清洗液。

但是在白日那最热闹的场景里，会忽然感到刺心的孤独。

同样，在黑夜那最安适的时刻里，会忽然有一种侵入肺腑的难过。

会忽然感觉到，世界很大，却又太小；社会太复杂，却又极简陋；生活本艰辛，何以又荒诞？人生特漫长，这日子怎的又短促？

会忽然意识到，白日里孜孜以求的，在那堂皇的面纱后面，其实是一张鬼脸；所得的其实恰可称之为失；许多的笑纹其实是钓饵，大量的话语是杂草。

明明是那样的，却弄成不是那样了。无能为力。

刚理出个头绪，却忽然又乱成一团乱麻。无可奈何。

忘记了应该记住的，却记住了可以忘记的。

拒绝了本应接受的，却接受了本应拒绝的。

不可能改进。不必改进。没有人要你改进。即使不是人人，也总有许许多多的人如此这般一天天地过下去。

心里难过。

但，年年难过年年过。日子是没有感情的，它不接受感情，当然也就不为感情所动。需要感情的是人。人的情感首先应当赋予自己。唯有自身的情感丰富厚实了，方可分享与他人。

常在白日里开怀大笑吗？

那种无端的大笑。

偶在静夜里心里难过吗？

那种无端的难过。

或者有一点"端"，但那大笑或难过的程度，都忽然达于那"端"外。

是一种活法。

把快乐渡给别人，算一种洒脱。

把难过宣示别人，则近乎冒险。

快乐可以共享。

难过怎能同当？

但有时候就忍不住，想跟最亲近的人说一声：我心里头忽然难过，非常难过。在那个时候，人生的滋味最浓酽。也许进入悟境，那难过便是一道门槛吧！

1993 年 1 月 15 日深夜

生命树上的繁花

　　我很不愿意到医院看病，一般情况下，身体不舒服时，或在家里找一点过去领来的剩药吃，或者到就近的药房买药，或竟只是喝大量白开水、卧床睡睡，几十年来，居然也就大体是健康地活过来了。当然，病来了，真扛不住时，也去医院，遇见的医生，似乎也都颇有医德，不过，虽接触过那么多医生，留下深刻印象的，不多。独有一位医生，我永远难忘，那是我几年前到外地，忽然很不舒服，于是去医院挂了个内科号，见了医生，他循例给我看喉舌，听心肺，量血压，按肝区……开化验单，这期间自然贯穿着问诊，所问的，基本上都是我以往见医生时照例要问到的，但他问到最后，忽有这样一个问题——

　　"你心情怎么样？"

　　我颇感出乎意料，不禁抬头，愣愣地望着他。

　　那医生迎着我的目光，蔼然地微笑着，等待着我回答。

我竟一时不知该怎么说，心想，也许中医是要问这个的，但急速地回忆一下，我所接触的中医，可能问"你心里觉得怎么样"，或者干脆宣布你是"肝郁""气恼"，不过那些话都不像这次听到的，有扎耳的新鲜感；就我所接触的西医而言，这样直截了当地问患者"心情"的，还真是头一遭。因为，他是明明白白地在问生理现象以外的事。是的，我从那医生脸上的表情进一步准确无误地读出了他所要问的，是超越我的血压、脉搏、血象等生理状况的那个"纯粹"的"心情"。

于是我很坦率地告诉他，我心情不好。

他针对我的病情，开了些药，但强调说："最好的药，是一个好心情！"

我心中颇有豁然感，忙感谢他："这就是您给我开的最好的药！"

因为还有别的患者等他看病，我不能跟他继续谈谈。

可是出了医院以后，我就如同被高僧所点化，思绪整个儿是充满了禅意。

是的，现代医学已经有一个专门的分支——心理医学，如今的中国大陆，懂得找心理医生化解自己心理郁结的人，是越来越多了，心理治疗，也越来越同政治思想工作、品德教育、情感教育等分别开来，成为一个专门的领域，不过，我们的心情出现不佳状态时，未必都属于病态，或者，虽也可算是构成了心理问题，但不到必须找心理医生的地步，只要自己清醒地意识到：现在我心情不好，这可不妙！于是，多半可以依靠自己，将那心情扭转过来。

我们往往糊涂地认为，我们的健康，仅只是体现于我们身体的状况中。其实，我们的生命，就其更本质的意义，是生活在心情之中。

我们不能只会自问："我现在身体什么样？"

我们要更善于自问："我现在心情怎么样？"

现在不少人自己购置了血压计，在家里可以给自己量血压，有的人还很规律地一天量两次。

可是，有多少人一天两次很认真地问过自己的心情呢？

虽然我们无时无刻不处于心情之中，但混沌处之的多，"跳出来""从旁"过问一下的人并不太多。

难得那位医生一句话，提醒了我，我愿将他给我的启示转达于人。

身体和心情，当然是有联系的，但身体好时心情未必好，心情好时身体亦未必好，身体和心情各有某种独立性，因此，我们除了应注意保持一个好的身体，还应保持一个好的心情，也就是说，我们的生命重量，既体现在身体上，更体现在心情上，这当然是从医学的角度、保健学的角度上来说，加上社会学、政治学等角度，对生命价值的估量就还要加码，这里且不作讨论。

心情是个很怪的东西，有时候，我们的心情会无端地坏起来，中医似乎都可以解释为由心理上的不适所产生，一般西医则往往不管你心情如何，他只先让你做种种检查，从抽血验尿到做心电图、照 X 光、做 CT、做核磁共振……你心情好也罢，差也罢，他反正只是给你做病理上的对症治疗，这样，他们固然都尽到了职责，你生理上的病可能也确能好转乃至痊愈，却容易使你大大地忽略——你有一个叫"心情"的生命，它与生理生命并存，但具有相当的独立性，因此，你应如同珍视你的身体一样，珍视你的心情。

一个好的心情不仅是最好的灵丹妙药，它本身就是你生命开出的鲜花。

生命如树，这树应繁花满枝，那繁花便是不计其数的好心情。

献给命运的紫罗兰

——关于命运的随想

命运。

我们常常想到这个字眼。

但我们往往是朦朦胧胧地那么一想。

朦朦胧胧，只滋生出一些情绪，诸如怨艾、沮丧，或所谓"淡淡的哀愁"。

让我们廓清薄纱般的朦胧思绪，做些澄明的理性思考。

我们要努力地认知命运。

命是命。运是运。

命与运固然如骨肉之不可剥离，然而倘作理性研究，如医学上的生理解剖，则需先就骨论骨，就肉论肉。

何谓命？

命是那些非我们自己抉择而来的先天因素。

为什么我或你生下来就是这样的性别？

为什么我或你有着现在这样的生父和生母？凭什么我或你得由他们一方的精子同另一方的卵子相结合，从而经过无数次的细胞分裂，而形成胚胎，成为带有胎盘的胎儿，后来又脱出母亲的子宫而成为一个独立的生命？我和你为什么不是另外的一个父亲和另外的一个母亲结合而成的生灵？

为什么我或你有着现在这样的与别人不同的面貌？即或我们是双胞胎或三胞胎中的一个，外人看去我们与同胎落生的兄弟姊妹"何其相似乃尔"，但我们自己很清楚，归根结底我们还是有着与任何一个他人不尽相同的自我面目。固然遗传学解释了我们的面目，说那是有着父亲和母亲的遗传基因在起作用，我们或者有点像父亲，或者有点像母亲，或者竟更像祖父、祖母、外祖父、外祖母，以至于更像某个近亲、远亲，然而揽镜自视吧，我们到头来还是有一个自己的、独一无二的外貌，不管我们喜欢不喜欢，也不管别人喜欢不喜欢，我们竟有着如此面貌，这是由谁暗中规定的呢？

我们落生的时间，又为什么偏偏是那一年那一月那一日那一时辰？听说唐朝是中国最强盛的时代，我们为什么没生在唐朝？又听说二十一世纪中期我们国家将整体达到小康的水平，我们又为何不等到那时候再落生？或许你更向往于烽火岁月的殊死战斗，然而你又并未生在抗日战争之前并能恰好在青壮年时投入反法西斯的战斗；或许我更向往于在二十世纪初投入"五四运动"成为新文化运动中的弄潮儿，然而我却偏没赶上那个时代。我们显然不能再重新安排一次落生的时间，我们必须在一张又一张的表格中反复填写同一个出生时间。

我们又为什么偏偏落生在我们无法事先择定的地方？我和你为什么偏属于这一个种族，这一个国家，有着这样的籍贯？

这就是命。

也有人向命挑战。

西方国家有那样的人，他们出于对原有性别的不满，找医生做变性手术，改变自己的性别，也有人出于对自己相貌的不满，做整容手术，使"面目全非"。这也许真的改变了他们某些命定的因素。但毕竟改变不了他们的种族、血型、气质、年龄、籍贯。

当然也有人用伪造历史、隐瞒年龄、改认父母、谎报种族（当然只能往与自己肤色发色瞳仁色相接近的种族上去靠）等方式企图使"我"消弭而以"新我"存活于世，但在游戏人间之余，清夜扪心，他恐怕也不能不自问：我究竟是谁？而他的答案恐怕也只有一个：他到底还是某一男子的精子和某一女子的卵子的特有结合，并于某年某月某日某时生于某国某地某处的一个独特的生命，在种种伪装和矫饰之下，赤条条的他还是那个"原他"。

命由天定。这不是唯心恰是唯物。

这也无所谓消极，更无所谓悲观。

曾见到一位矮个子女士，我很惊讶于她穿着一双平底鞋，当我问她为什么不穿高跟鞋时，她爽朗地说："我喜欢自己的身高，因为这是一个我自然具有的高度，我不想掩饰自己的这一自然状态，并且，我还以自己的这种自然状态而自豪。"

又曾见到一位肥硕的中年男子，当我问及他为什么不采取减肥措施时，他认真地对我解释说："人体形的肥瘦归根结底是由遗传基因派定的，我父母都是胖子，所以我天生肥胖，而我没有必要去人为减肥；倘若我是后天突然胖起来的，并且有种种不适，那或许还有减肥的必要……不错，熟人给我取了个绰号叫'肥男'，我坦然地接受，我确实是个地道的'肥男'嘛！"

这二位都对非自我抉择而形成的先天状况持坦然的接受态度，甚至于产生一种自豪感。我以为这是对"命"的正确态度。你以为如何呢？

"我长得多难看啊！"一位熟悉的姑娘向我吐露心曲，"见到比我长得漂亮的同辈人，我就总觉得无地自容。"

我不想向她弹唱"重要的是心灵美而不是外貌美"之类的调调，还是契诃夫说得好："人的一切都应是美好的，心灵，面貌，衣裳，思想。"

我也不想教她逃避现实："你其实并不难看。"又是契诃夫，他剧中一位女子对另一位女子说："你的头发真美。"另一位就领悟地说："当一个姑娘长得不美时，人们才会夸赞她的头发。"我熟悉的这位姑娘确实长得难看。难看就是难看，难看是天生的。她把心灵修炼得再美，也终归成不了漂亮姑娘。

我劝她坦率地承认自己的相貌。这承认分两个层面：一、自己确实不好看。二、别人确实比自己漂亮。第二个层面很重要，否则，就容易陷入"阿Q主义"："我难看，哼，你比我更难看！"或"坏蛋才好看哩！漂亮的没好货！"承认了自己难看以后，却还要：一、按自己的实际情况打扮自己，使自己整洁、自然；二、以审美的态度对待比自己漂亮的人。

过了一段时间，我再见到她，她的相貌依然不好看，但她充满了自尊和自信。"天生我材必有用。"她微笑着告诉我，她在做自己喜欢的事，生活得很畅快。

她不向"命"抗争，她顺"命"生活下去，她是对的。

也有另外的例子。美国有位先天脑畸形的人，他五六十年来一直口眼歪斜，发音不清，半身不遂，是个地道的残疾人，然而他不向"命"低头，他学会了运用打字机，他渐渐能用打字机上的句号、逗号、叹号、问号、省略号、括号、花括号和其他符号耐心地打成绘画作品，开始是模仿现成的图画和照片，后来是写生，再后来是根据想象创作独特的画幅，结果他成了一位名人，连白宫走廊上也挂了他的画。他可谓向"命"挑战而获得成功的一位英雄。

但切勿用这类特例来激励聋哑人去奋斗而成为歌唱家，无腿畸形人去奋斗而成为世界短跑冠军，长相实在难看的姑娘去争取在选美赛中夺魁。上述那位残疾画家，仔细想来，与其说他是与"命"抗争，不如说他是在"命"所规定的范畴之中求了一个最大值，他没有选择去做一个核物理学家、一位芭蕾舞演员或一支军队的统帅，他也没有勉强自己去用常规的方式绘画，因为他的手根本不能握笔；他其实还是顺着"命"所赋予他的条件，去开掘实际的可能性，他艰苦地学会了操纵经过改装的打字机，使可能变为了现实，他因而成功。

对于"命"即那些先天的、非我们抉择而在我们生命一开始便形成的因素，我们应当心平气和。

比如我和你，我们都是中国人，都是黄皮肤、黑头发，不管我们现在生活在哪里，持有什么样的护照，在另外一些人眼里，比如在金发碧眼的西方人眼里，我们总还是东方人中的一种，我们的大背景，是一个曾有过灿烂的文明但眼下相对而言经济还不够发达、整体受教育程度不够充分的民族，对于这些不可更改的因素，我们既不自卑，也不必自傲，我们应当非常坦然。我，你，我们就是这样。作为一个个体，我们从实际情况出发。

"生不逢时"是最无谓的感叹。我们没有生在汉唐盛世，我们也没有生在"五胡十六国"的乱世，这既不值得惋惜也不值得喟叹。我们比那些年老的人小许多，我们又比那些才落生的人大许多，这也都没什么好庆幸或羡慕的。我就是我。你就是你。我们就生在某一个特定的时候。那就是我们的生日。坦然地接受这个既成事实。既然我们落生在这个时代，赶上了这个阶段，迎接着眼前的时光，那就让我们好好地对待这条"命"。

为我们的生命，要好好生活。

要好好生活。

但生活不容易。

确实不容易。

这就引出了与"命"相连的"运"。

"运"是什么？

"运"不消说是一种流动、变易的东西。

对于"命"，如上所述，我们几乎无法抉择，即使有个别人后来动"变性手术"而改变了"命"，一个重要的因素——性别，那也是他那条"命"形成以后做成的事，毕竟他不能在落生前自我决定性别。

然而"运"，就难说了。

"运"也有无从抉择的一面。比如我们面临的时代、所处的地域，这期间所发生的重大事件，如自然界的地震、人世间的战乱、科技上的划时代变革、文化上的主导潮流，我们就往往很难加以预测，进行预防，或加以回避，与之抗拒。比如 1976 年唐山大地震时，在那一瞬间人就无法抉择生死；再比如科学已经充分证明了吞食丹砂不但不能成仙，无异于自杀以后，我们即使仍想寻觅长生之道，也不会再做服食丹砂的抉择；还比如当商业广告不但出现在西方世界也出现在我们这样的国家，不仅出现在电视上报纸上杂志上，也出现在街头巷尾，出现在运动场和歌舞晚会场上，甚至出现在公路旁、乡里屋子的墙壁上时，我们做出一个"凡有商业广告的地方我一概不去，凡商业广告我都不让它入眼"的抉择时，实现起来该有多么困难！

不过，"运"毕竟不同于"命"。"运"有其可驾驭、可借光、可回避、可进击的一面，而且这恐怕是其更主要的一面。

对于"命"，我主张心平气和，彻底的心平气和。

对于"运"，我却主张心潮起伏。

心潮起伏。起，就是迎上去，热烈响应或者奋然抗争；伏，就是避过去，冷静回旋或断然割舍。

"命"可以作定量定性分析。比如，性别、出生年月日时、籍贯、父母姓名、年龄、民族、血型、指纹、相貌（一寸至二寸免冠正面照），成人后的身高、肤色、发色、瞳仁颜色、牙齿状况等。

"运"却往往难以作定量定性分析。

时代、社会、群体，这三者或许还可做出一些定量定性分析。

灾变、突变、机遇，这就很难做出定量定性分析了，特别是在来到之前，而预测往往又是困难的，即便有所预测也是很难测准的。

"运"常被我们说成"运气"。

没有人把"命"说成"命气"。要用两个字，就说"生命"。"命"是生来自有的。

"运"却犹如一股气流。它从何而来，朝何而去，我们或者弄不懂，或者自以为弄懂了而其实未懂，或者真弄懂了而又驾驭不住，或者虽然驾驭住了却又被新的气流所干扰而终于失控，一旦失控，我们便会感叹："唉，运气不好。"

"运"又常被我们说成"时运"。

没有"时命"的说法。诚然，我们的体重、腰围、体温、血压、内脏状况和外在面貌等因素都可能在随时间而变化，但我们的性别、血型、指纹等方面却无法改变。无论时间如何流逝，直至我们从活体变成死尸，许多"命"中的因素是恒定不变的。

"运"却随时而变。"运"是外在的东西。"十年河东，十年河西"，"人间正道是沧桑"，"乱哄哄，你方唱罢我登场"，"人面不知何处去，桃花依旧笑春风"，"子在川上曰：逝者如斯夫！"，"人不能第二次进入同一条河流"，"此一时也，彼一时也"，"明日黄花"，"随风而去"……这些中外古今无论是悲怆的还是欢乐的，也无论是正面的还是负面的感喟和概括，都证明着"运"有"时"，也有"势"，所以有"时运"之称，也有"运势"之说。

从大的方面把握"时运"和"运势"当然重要。认清时代，看准潮流，自觉地站到进步的一面、正义的一边，这当然是关键中的关键。然而还有中等方面和小的方面。中等方面，如自己所处的具体社区、具体机构、具体群体、具体环境、具体氛围，如何处理好适应于自己同这些方方面面的关系，特别是自己同群体同他人的关系，就实非易事。小的方面，如邂逅、不经意的潜在危险、交臂而来的机会等，抓住它也许就是一个良性转机，失去它也许就是一个终生的遗憾，或者遇而爆发便是一个巨大的灾难，躲过它去则就是万分的幸运，都实难把握。

西方人，特别是受基督教文化浸润的西方人，似乎在承认上帝给了自己及他人生命的前提下，比较洒脱地对待"运"，他们常常主动地去"试试自己的运气"，敢于冒险，比如去攀登没人登过的高峰，只身横渡大西洋，从陡峭的悬崖上往下跳伞，尝试创造一种在我们看来是怪诞的"世界纪录"而进入到"吉尼斯世界纪录大全"；他们甚至在本已满好的状态下，仍不惜抛弃已有的而去寻求更新的，主要还不是寻求更新的东西，而是寻求新的刺激、新的体验，他们不太在乎别人怎样看待自己，他们主要依靠社会契约即法律来协调自己与他人的关系；他们的这种进取性一度构成了对东方民族和"新大陆"土著居民的侵略，所以他们的"运气观"中确含有一种强悍的侵略性和攻击性。

东方人，又特别是我们中国人，在"儒、道、释"熔为一炉的传统文化熏陶下，我们认定"身体发肤受之父母"，因此我们崇拜祖先，提倡孝悌，重视人际关系和社会秩序，我们要求个人尽量摆脱主动驾驭"运气"的欲望，我们肯定"知足常乐"，发生人际纠纷时我们宁愿"私了"而嫌厌"对簿公堂"；我们这种谦逊谨慎在面对外部世界时变为了惊人的好客，我们总是"外宾优先"，我们绝不具有侵略性和攻击性，我们的每一个个体都乐于承认："我与群体共命运。"其实"命"是因人而异的，我们表达的意思准确解释起来便是"我们要共命运"。所以我们有句俗话叫"大河涨水小河满"。我们并不是不知道只有小河水流充裕时，大河才不会枯涸，然而那方面的自然现象引不起我们形而上的升华乐趣。

我们不必就东西方的不同文化模式作孰优孰劣的无益思索。既已形成的东西，就都有其形成的道理。

好在现在世界已变得越来越小。已无新大陆町供发现。连南极冰层下那土地也已测量清楚，连大洋中时隐时现的珊瑚岛也已记录在案。已有"地球村"的说法。东方人、西方人，不过是"地球村"中"鸡犬相闻"的村民而已。

东西方文化已开始撞击、交融、组合、重构，对"命"的看法和态度，对"运"的看法和态度，越是新的一代，无论东方还是西方，相似点或共同点似乎就越多。

你挺有意思——今天的人类。

"命"与"运"相互运作时，就构成了所谓的"命运"。听贝多芬的"第五交响曲",我们最难忘记那"命运敲门的声音"。单是"命"已难探究,因为"命"即使在最平静的时空中它也有个生老病死的发展过程,非静止、凝固的东西;"运"就更难把握了,几乎无时无刻不在变化,而且充满了突变,也就是说,构成"运势"的因素中充满了不稳定因素、测不准因素,"命"加上"运",而且互融互动,那就难怪有人惊呼"神秘"了。

这种神秘感是宗教产生的根源。自古到今历久未衰的占卜术,其立足点也在于许许多多世人对自我命运的神秘感。对命运的神秘想取捷径而获得诠释,于是去求助于占卜、看手相、看面相。用生辰八字推算命定因素和运势走向。占星相,勘风水,论阴阳五行。比较高深的是演"易",从《河图》《洛书》到太极图,到先天八卦、后天八卦,进而到八八六十四卦到一万一千五百二十策;又从被动地由人推算到自动地投入,从而又笃信气功,努力开掘自己的潜能异能,行小周天、大周天,做动功和静功,接受"宇宙语"治疗并终于自动发出"宇宙语",达到"天人合一",获得最彻底的超越感即超脱感。

我们既不必充分地肯定这一切,也不必彻底地否定这一切。实际上你想充分地肯定也肯定不了,总有强有力的人物站出来给予有根有据的批驳揭伪。而你想彻底地否定也否定不了,也总有强有力的人物包括最受尊崇的大科学家站出来提供有根有据的实验报告和理论推测。

你和我都不必卷入有关的论争。然而你和我都应当承认,"命运"确有其神秘的一面。

无论是人类还是个人,面对神秘的命运,都应现出一个微笑,就像 1505 年意大利佛罗伦萨的列奥纳多·达·芬奇绘制的那个"蒙娜丽莎"所现出的微笑一样。

那是永恒的微笑。

你看过列奥纳多·达·芬奇的那幅《蒙娜丽莎》吗？

当然。那还用问。

然而，你看得仔细吗？

据说，早有人指出过，画上的那位妇人——传说是当时佛罗伦萨城里皮货呢绒商乔贡达的夫人——实在算不上多么美丽的妇人，你把列奥纳多·达·芬奇别的画也看看，他画的《拈花圣母》《岩间圣母》《圣母丽达》等作品里的女性形象，就远比这《蒙娜丽莎》更丰满、更艳丽，然而《蒙娜丽莎》却成了一幅最成功的作品，不仅在列奥纳多·达·芬奇个人创作中是名列第一位的代表作，也可以说是整个意大利文艺复兴运动中最杰出的代表作，尽管它只有七十七厘米高五十三厘米宽，在现在存放它的法国巴黎罗浮宫中属于上千幅油画中较小的一幅，然而它却成了罗浮宫最可自豪的一幅藏品。

再仔细地看看吧。画上的蒙娜丽莎难说是一个完美的形象。她的眼睛还不够大，更不够妩媚，特别是下眼皮，线条太方直而且泪囊太显。别的不多说了。就算她美，那也是有缺陷有遗憾的美。

然而她实在耐看。耐看就是经得起审美。经得起几百年观赏者的审美，为一代又一代的人们所赞赏，你说她美不美？

这就给了我们一个启示：不必完美。因为实际上不可能完美。因而不要去追求完美。

要追求美，但不要追求完美。这也应是你和我对待命运的态度。

附近居民楼里有一个上高中的姑娘自杀了，因为她有一门功课没有考好。仅仅一门，而且仅仅是头一回，并且并非不及格。然而她的心灵承受不住，因为她一贯在班上拔尖儿，从小学到中学，她考试几乎永远第一。谁知"天有不测风云"，偏这回有一门考了个六十八分，她在追求完美而竟不能完美的现实面前，"宁为玉碎，不为瓦全"，溘然而逝。

这当然是一个极端的、近乎怪诞的例子。可是我们心灵中、行为中的这类"自杀行径"难道次数还少吗？

本来我可以坚持把电视里的《跟我学》学到底，既不是因为实在没有时间，也并没有谁对我讽刺打击拉我后腿，只是由于一两次的耽搁使我有点跟不上，而且更由于感到比同时起步者落了后，不完美了，因而干脆放弃。

本来你不必把福克纳的《喧哗与骚动》从头读到尾，因为你并非搞文学研究的，也并非要借鉴这部作品以从事文学创作，只是因为你听到那么多朋友向你谈到福克纳如何了不起、这部小说又在文学史上如何有地位，因此你感到有一种心理压力，仿佛你不花工夫恭读这部著作，作为一个知识分子就不完美了，于是你硬着头皮一页页逐行逐字地读下去，终于读完，却无大收获，为此你还耽搁了几桩该抓紧做下去的事。

这当然又是一些太小的，似乎无足轻重的例子。

大一些的例子我们可以在心中默默地检出，并默默地自省。

我们有时总想同周围所有的人都搞好关系。有人说，中国儒家讲"仁"，"仁"就是二人，即中国的传统伦理观念就是搞好人与人之间的关系，人际关系协调了，便达到"仁"的境界了。其实西方人也讲人际关系。《圣经》里说，有人打你的右脸，你就把左脸也送过去。你看，也是"和为贵"，讲和平，重感化，这同中国的"仁"应是相通的。认为西方人就是绝对的独来独往，绝对的个人主义，绝对的尔虞我诈，不重视搞好人际关系，至少是夸张了。现代社会，个体已几乎无法隐居，跨国公司和集团化趋势使每一个人都无法遁逃于群体和社区之外，你到中国的外资企业或中外合资企业里试试看，我行我素吃不吃得开？随心所欲玩不玩得转？很可能并不是中方的头头儿而是西方的经理，头一个来炒你的鱿鱼。所以说，搞好人际关系是重要的。然而，同周围所有的人都搞好关系，你和我，能够做到吗？

不能说绝对不能。你看，有那个别的人，他或她，人家似乎就做到了。然而你和我是凡人，我们实在做不到。做不到，自然不完美。不完美怎么办？该办的办，不该办的、办不到的，不办就是。

我们当然应该并且也能够和比较多的人协调关系，我们同其中少数人甚或不算太少的人也许还能够建立起比较亲密、比较牢固的关系，然而倘若有一些人同我们的关系淡淡的、浅浅的，有个别人我们不喜欢他或她而他或她也嫌厌我们，只要不足以妨碍公益和大局，那就随它去吧！为什么非得强求完美呢？

有一点缺陷有一点遗憾的人生，是有味道的人生。有一点怪异有一点风险的命运，是有意思的命运。

读过契诃夫的《没意思的故事》吗？那里面的主人公，那位老教授，他一切都有了，真才实学、名誉地位、富裕生活、安宁环境……

并且他所获得的这一切并不面临哪怕是小小的危机，然而他最深刻最痛切地感受到没意思，这"没意思"是完美造成的，太完美因而也就太凝固，太凝固因而也就太乏味，太乏味因而也就太寂寞，太寂寞因而也就有悲哀。这是一个达到完美的悲剧。

　　一个人有一个人的命运。

　　仔细想来，没有两个人的命运是完全相同的。可能相似，然而不会绝对雷同。

　　这真有意思。想想看吧，我们的"命"固然异于他人，我们的"运"即使在与群体与他人"共享"的前提下，仍有个人"小运"的多姿多彩、诡谲莫测的特异一面。我们的"命运"是自我独具的，它与历史上有过的那些人都不相同，与那些同我们共空间共时间的人们也都不尽相同，并且我们去世后，也不可能有哪一个个人的命运成为我们命运的复制品，我们，你，我，还有他和她，每一个人都是独特的啊！

　　珍惜我们的"命"吧，因为它是独一无二的！

　　不要对我们的"运"过分怨叹吧，因为那也是别具一格的！

　　好好地把握我们的"命运"。

　　好好生活。

　　好好度过那属于我们自己独特的一生。

　　"命中注定"。这话是不对的。倘要表达"命"的非自我抉择的先天因素之不可更改，准确的用语应是"命中固有"。

　　"注"有流动的含义，流动是"运"的特性，而"命"是未必能左右"运"的，"命"不能"注定"一个人的"运"。

有人以《红楼梦》中的人物为例，把人的命运分为以下几类：

一、无命无运。如贾珠，此人"十四岁进学，不到二十岁就娶了妻生了子，一病死了"。《红楼梦》开篇后即已无此人出场。当然，有的比他更短寿，如秦钟。凡夭折型的人都属此类。

二、有命无运。《红楼梦》开篇便写道，甄士隐抱着女儿英莲到街前看庙会，遇上一个癞头和尚与一位跛足道士，那和尚一见士隐抱着英莲，便大哭起来，向士隐道："施主，你把这有命无运累及爹娘之物，抱在怀内作甚？"那英莲后来果然被拐子拐走，卖给"呆霸王"薛蟠做妾，根据曹雪芹原来设计，最后的结局是被夏金桂折磨而死。凡能苟活颇久而饱受折磨型的人都属此类。

三、有运无命。例如贾元春，她虽然"才选凤藻宫"，又衣锦荣归地回贾府省亲，"运气"真似鲜花着锦、烈火烹油，然而好景不长，没有多久就"虎兕相逢大梦归"了。凡虽能一时显赫荣耀但不能长寿久享者都属此类。

四、有命有运。《红楼梦》中竟难找出最恰当的例子，探春勉强可以充数，她虽"生于末世运偏消"，但到底运来消尽，总比众姐妹或情死或病逝或守寡或被盗或被蹂躏或遁入空门等悲惨的"运"要好一些，所以她的心境比较豁达："自古穷通皆有定，离合岂无缘？"凡命较长运较好或虽有厄运向群体袭来而个体却能有所躲闪的都属此类。

这种分析或许不能入"红学"之正门，但颇有趣。不是吗？

那么，你会问，贾宝玉算哪一种呢？

真是的。搁在哪一种里都"不伦不类"。

贾宝玉有"憎命"的一面。他对自己的性别不满意。他对自己生于富贵之家不仅不感到自豪反而感到自卑。他对自己"胎里带来"的那块"通灵宝玉"不以为意。他对自己所处的由"国贼禄蠹"所把持的社会现实反感。他对"仕途经济"的主流文化深恶痛绝。他与生他的父亲对立，与生他的母亲貌合神离。旁人或者会认为他"命好"乃至于艳羡、嫉妒，他却常常陷入深深的痛苦，他有时的心境恐怕万人都难理解，如第十五回写道，他和秦钟随凤姐坐车去铁槛寺，路经一个小村，见到一位穷苦的二丫头，宝玉竟舍不得这偶然邂逅的农村和村姑，以致"一时上车……只见二丫头怀里抱着她小兄弟……宝玉恨不得下车跟了她去"。

贾宝玉对"运"却往往"随运而安"，说他是有叛逆性格，似乎过奖，这里不去详论。

贾宝玉的"命"如何"运"如何难以评说。他给我们的最深刻印象是：享受生活。

他把生活当作一首诗、一首乐曲、一个画卷来细细品味，他是生活的审美者。

贾宝玉也许并没有教会我们叛逆，教会我们抗争，教会我们判断是非、辨别善恶，但贾宝玉启发了我们，即使在最污浊的地方也能找到纯洁的花朵，在最腥臭的角落也能寻到温馨的芬芳，他教会我们发现并把握生活中最实在最琐屑的美，并催赶我们细细品味及时受用。

"使命"。"使命感"。

这是两个很大的词语。

"命"虽属于我们自己，但我们又都不可能脱离群体。因此，群体的"命"也关联着我们的"命"。这样个体就得为群体承担义务，当然，在这承担中也应享有一定的权利。个体对群体承担义务，这就是"使命"吧。对"使命"的自觉意识，便是"使命感"吧。

我们应当接受"使命"。应当有"使命感"。

当然，对同一时代、同一民族、同一阶段、同一现实中的"使命"，人们有时并不能形成共识，因而"使命感"便会形成分歧，酿成冲突，在那样一种情况下，个人对"使命"的抉择，个人"使命感"所产生的冲动，便可能构成个体生命史上最惊心动魄的一幕，个体的生命也就完全可能在那一刻落幕。

也许悲壮，也许悲哀。

也许流芳百世，也许遗臭万年。

人的生命意识完全由"使命感"所主宰，那也许会成为一个大政治家。

然而，世上绝大多数人都很平凡，他们懂得"使命"，对群体对社会有一定的"使命感"，却并不由"使命感"主宰全部生命意识。他们有自己一份既为社会做出贡献也为自己挣出花销的正当工作，他们诚实劳动，他们安心休息，他们布置自己的私人空间，他们有个人的隐私，他们享有并不一定惊人的爱情和友情，他们或有天伦之乐，或有独身之好，他们把过分沉重深邃的思考让给哲学家，把过分突进奥妙的发明创造让给科学家和发明家，把过分伟大而神圣的公务让给政治家，他们对过分新潮的超前艺术绝不起绊脚石作用，却令大艺术家们失望地以一些凡庸的艺术品作为经常的精神食粮，他们构成着"芸芸众生"。你是超乎他们之上的，还是他们当中的一员？

忽然想到有一回去北京紫禁城内参观，在饱览了那黄瓦红墙、汉白玉雕栏御道的宏伟建筑群后，出得景运门，朝箭亭往南漫步，不承想有大片盛开的野花，从墙根、阶沿缝隙和露地上蹿长出来，一片淡紫，随风摇曳，清香缕缕，招蜂引蝶；俯身细看，呀，是二月兰！又称紫罗兰！那显然不是特意栽种的，倘在当皇帝仍居住宫内时，想必是要指派粗使太监芟除掉的，就是今天开辟为"故宫博物院"后，它们也并非享有"生的权利"，我去问在那边打扫甬道的清洁工，"这些花，许我拔下来带走些吗？"她笑着说："你都拔了去才好哩！我们是因为人手不够，光游客扔下的东西就打扫不尽，所以没能顾上拔掉它们！"我高兴极了，拔了好大一束，握在手中，凑拢鼻际，心里想：怎样的风，把最初的一批紫罗兰种子，吹落到这地方的啊！在这以雄伟瑰丽的砖木玉石建筑群取胜的皇宫中，只允许刻意栽种的花草树木存在，本是没有它们开放的资格的，然而，它们却在这个早春，烂漫地开出了那么大的一片！那紫罗兰在清洁工的眼中心中，只是应予拔除的野草，而在我的眼中心中，却是难得邂逅的一派春机！

这也是一种命运。

我便谨以这一束思考，作为献给命运的紫罗兰。

生活赐予的白丁香

——关于生活的随想

生活。

生，意味着非死亡。活，意味着非死亡的个体在世界的时空中活动着——既在大自然的怀抱中，也在社会的网络中。

生活……

看到我写下以上几行，妻说："怎么，你又要像谈命运那样，一味地严肃，一路地沉重吗？"

我停下笔，微笑了。

是的，我要微笑地看待生活。

我微笑地看待生活，于是，生活也对我呈现出一个微笑。

去年春天，宗璞大姐从北京大学燕南园打电话来，约我和妻去看丁香花。其实这邀请发出两三年了，但以往的春天，不知怎么搞的，心向往之，却总未成行。去年春天，我们去践约了。

宗璞大姐他们居住的"三松堂"外，临着后门后窗，就有好大几株白丁香。但宗璞大姐说先不忙赏近处的，她带着我们，闲闲漫步于未名湖畔，寻觅丁香花盛处。宗璞大姐写过在燕园寻石、寻墓的散文，那天宗璞大姐领着我们寻丁香，却不是用笔，而是用她的一颗爱心，抒写着最优美的人生散文。

看过紫得耀目的大株丁香，嗅过淡紫浓香的小丛丁香，也赏过成片的白缎剪出绣出般的丁香，宗璞大姐引领我们来到一栋教学楼后，在松墙围起的一片隙地中，我们发现了一株生命力尤其旺健的紫丁香，不仅枝上的花穗繁密，而且，从它隐伏在地皮下的根系中，竟也蹿出了许多的嫩枝，有一根枝条，把我们的眼睛都照亮了，因为它蹿出地面后，不及一尺高，却径自举起了一串花穗，且爆裂般盛开着！我们的眼，把那一小株从地皮中拱出的丁香花，热烈地送进我们的心房，我们的心房因而倏地袭来一股勃勃暖流——啊！生命！啊！生活！

那天回到宗璞大姐家的书房，我们从那株径直蹿出地皮、径直烂漫开放的丁香花谈开去，谈得好亲切、好幽深，谈出好大一个橄榄，够我们在今后的人生途程中品味个够！

捧着一大把从宗璞家窗外剪下的白丁香，同妻一起返回城中家里，立即取出家中最大的瓷瓶，灌上清水，将那一大捧丁香插了进去。那一夜，丁香的气息充溢着我们的居室，也浸润着我们的灵魂。

热爱生命。热爱生活。

这应是一个命题的两种表述方式。

本世纪初，美国小说家杰克·伦敦那篇《热爱生命》，打动过多少人的心。连忙于组织社会革命的列宁，读了这篇小说后也深受感染，以致他的夫人克鲁普斯卡娅在晚年撰写的回忆录中，专门记下了这一桩事。冰天雪地中，一匹饿狼固执地追随着一个断粮断水、最后只好匍匐前进的淘金者，他只要松懈半分，那饿狼就会用最后一点力气扑上来，喝他的血，吃他的肉，从而结束一只兽追赶一个人的故事，然而那人凭着热爱生命、渴望继续生活的顽强信念和超人毅力，终于爬到海边，遇上了路过的海船，从而以兽的失败和人的胜利，结束了那个紧张得令人喘不过气来的故事。

在兽的追逐中，且是对方略占优势的角逐中，人咬着牙奋斗过来了，保住了生命，因而从此又可以展开丰富多彩、蓬蓬勃勃的生活，这故事具有普遍的象征意义。相信这世界上有许多读者同列宁一样，喜欢这篇小说。

宗璞大姐带着我们在燕园寻觅丁香时，所见到的那株直接从地皮中蹿出，并径直开出一穗花朵的紫丁香，该也是一个能同《热爱生命》媲美的故事。

要同那株丁香一样，喜欢自己这独特的生命，并自豪地开放出自己的花朵。也许，它太急一点，太莽了一点，然而，那也是一种消耗生命的方式，也是一种拥抱生活的手段。

那株小小的丁香，在宗璞大姐和我们心中，永不凋零。

在谈命说运的过程中，我谈来谈去，最后把落点放在了"享受生活"上。

是的，要能够并善于享受生活。

"什么？享受生活？"有人听了或许会耸起双眉。

一种是由于误会。认为我主张人生不必奉献，只图一味享受。或者能够领会我意，但担心我会招致这样的訾议——你是不是主张一味追求吃喝玩乐呢？

一种是由于不屑。生活的意义应即事业，而对事业的执着追求，常会导致牺牲生活，而这种牺牲是高尚的、辉煌的、伟大的，你提出享受生活，岂不太庸俗、太猥琐、太渺小？

我想，误会应当消除，鄙夷、不屑似也不必。人是个体，然而人不能单独存在，我们常说："不是在真空管里。"然也！人是社会动物，因而人必有社会义务，也必有社会责任。人需为社会、为世人做出贡献。不为社会、他人做出贡献的人，或是剥削者，或是凭借坐享遗产、倚仗权势、突发横财等因素存活于世的角色，都不在我议及的范畴之内。当然，世上过去有过，现在亦不少，将来想必也仍会有，那样一种百分之百将自己奉献给社会，或百分之百将自己奉献于事业（这事业或许暂被社会所不解不容）的人物，如谭嗣同式的革命家（他在"戊戌政变"失败后有充裕的时间和充分的条件逃走，然而他"我自横刀向天笑"，不惜坐等被捕和砍头，以自我的牺牲警醒同人）；又如某些一生不恋爱、不结婚、粗茶淡饭、布衣素鞋，完全扑到研究课题上的科学家……他们的高尚、辉煌、伟大自不待言，然而关于他们那样的人物的生命和生活，应作专门的研究，我自知于那样伟大的人格只有崇敬而不能透视，所以，只来谈平凡的人物的平凡生活。

就凡人而言，我仍认为，一定要懂得并善于享受生活。

妻是一所印刷厂的装订工人。她技术娴熟，掌握全套精装书的工艺流程，经她手装订出的书，我想已足可绕地球赤道一周。妻生下我们唯一的爱子不到一年，便去参加当时"深挖洞"的"战备劳动"，结果身体受损，至今仍显瘦弱，但妻有一个特点，就是极少失眠，我因系"爬格子的动物"，又属"夜猫子"型，所以妻入睡后，我常仍在灯下伏案疾书，这时妻平稳的鼻息，便成为我心灵流注中的一种无形伴奏。我很羡慕妻的不受失眠折磨，她说："我一天为书累，为你和孩子累，上床的时候心里坦坦然然，为什么要失眠？"我想这世上无数平凡的"上班族"，无数的普通劳动者，都同她一样，诚实劳动，默默奉献，他们带着一颗无愧的心上床，上帝也确实不该罚他们失眠。当然，这并不等于说失眠者便都是为上帝所罚，即如我，因选择了作家这一职业，又养成了昼夜不分随兴而动的习惯，所以夜间失眠是常有的事，但我自知并非做了什么亏心事，清夜扪心，于失眠中还是很坦然的。

在诚实劳动、竭诚奉献的前提下，自自然然地享受单属于自己的那一份生活，这启示还是来自于妻的。

妻爱逛商店，穗港人称之为"行公司"。我原来最惧怕的，便是妻要我陪她"行公司"，我常常惊异于她的兴致何以那么浓厚——比如我们家根本不需要的货物，或以我们的消费水平根本不能问津的货物，她也能细细检阅、观览一番，似乎当中有许多的乐趣；倘若她决定购买某种物品，那么，好，售货员是必得接受"服务公约"上那"百问不烦，百拿不厌"的考验了，我就常在柜台外为售货员鸣不平，催她快下决心，直到很久之后，我才略能领会她那认真挑选中的乐趣——那是一种于女性特别有诱惑力的琐屑的人生乐趣，是的，琐屑，然而绝对无害甚至有益的人生乐趣——我现在懂得，妻那样认真地用纤纤十指装订了无数的书，奉献于社会，那么，她用纤纤十指细心地在社会设置的商品交换场所里挑选洗面奶或羊毛衫，并以为快乐，实在是顺理成章的事。

妻喜欢弄菜。在饭馆吃过某种菜，觉得味道不错，妻就常回家凭着印象试验起来，倒并不依仗菜谱。妻一方面常对我毫不留余地倾泻她的牢骚："你就知道吃现成饭！你哪里知道从采购原料到洗刷碗盘这当中有多少辛苦！"这时候我觉得她就是"三闾大夫屈原"。另一方面她又常常一个人在那里琢磨："这个星期天该弄点什么来吃呢？"我和儿子出自真心地向她表态："简单点，能填饱肚皮就行！"而她却常常令我们惊异地弄出一些似乎只有在饭馆里才能见到的汤菜来——除了中式的，也有西式的；当我和儿子咂嘴舐舌地赞好时，她得意地笑着，这时我又觉得她就是刚填完一阕好词的"易安居士李清照"。当然太频密是受不了的，但隔两三个月请一些友人来我家，由她精心设计出一桌"中西合璧"的饭菜，享受平凡人的吃喝之乐，亦是她及我们全家的生活兴趣之一。我出差在外，人问我想家不想，我总坦率承认当然是想的，倘再问最想念的是什么，我总答曰："家中开饭前，厨房里油锅热了，菜叶子猛倒进锅里所发出的那一片响声！"这当然更属琐屑到极点的人生乐趣，然而，如今我不但珍惜，并能比以往更深切地享受。

写了几年小说，挣了一些稿费，因此家中买来了一架钢琴。客人见了总千篇一律地问："给儿子买的吧？请的哪儿的老师教？"

其实，倒并不是冲着儿子买的。妻虽是个平凡到极点的装订工，但爱美之心，人皆有之，她亦绝不例外，美的极致，有人认为一即音乐，一即高等数学，高等数学之美，少有人能领略，音乐之美，却相当普及，妻上小学时，家境不好，而邻居家里，就有钢琴，叮咚琴声，引她遐想，特别是一曲贺绿汀的《牧童短笛》，她在少女时代的梦中，就频有自己竟坐在钢琴前奏出旋律的幻境，因此当我们手头有了买下一架钢琴的钱币时，她一议及，我便呼应，两人兴冲冲地去买来了一架钢琴。钢琴抬进家门时，我俩都已年近四十，然而妻竟在工余饭后，只凭着邻居中一位并不精于琴艺的老年合唱队队员的指点，练起了钢琴来，并且不待弹完整本"拜厄"，便尝试起《牧童短笛》，也许是精诚所至吧，一曲连专业钢琴手也认为是难以驾驭的《牧童短笛》，经过一年的努力，硬被她"啃"了下来，后来又练会了《致爱丽丝》《少女的祈祷》等曲目，自此以后，我家的生活乐趣，又大有增添；在妻的鼓励下，我以笨拙的双手，也练会了半阕《致爱丽丝》；当春风透入窗隙，或夏阳铺上键盘，或秋光泻入室中，或窗外雪片纷飞，我和妻抚琴自娱时，真如驾着自在之舟，驶入忘忧之境。我们的儿子反倒并不弹琴。

感谢生活，给了我们一架钢琴。感谢钢琴，使我们能更细腻地品味生活。

我们常常过分向往于名川大山，而忘记了品味家门前的风景。

这些年来，我逛了不少名胜古迹，不仅有神州大地上的，也有东洋和西洋的。名胜古迹自然了不起，有的，虽仅去过一次，那印象确实是铭刻到了灵魂深处，恐怕要到"此生休矣"时，方可泯灭了。

然而，逛名胜古迹，常常不能从容。走马观花的，倒居多数。有的名胜，去时正是旅游旺季，闭眼一回想，竟是密密的游客，遮掩着名胜的全貌，面对着经过特殊处理的"最佳景色"明信片，常常不禁自问："我真的去过这个美丽的地方吗？"有的古迹，离开了历史资料和内行解说，览之便无大意趣。所以，在人生的乐趣之中，游览名胜古迹之乐虽大可揄扬，却亦不必夸张。

有一回，我参加一次远郊的旅游，跑了好远的路，耗费了好大的精力，而所见到的"新开辟风景点"，却景色平平，特别是因缺乏必要的配套措施，小摊档杂乱，满处乱扔着空瓶纸张，令人大失所望；然而，当我渐近家门时，却忽然发现，在夕阳映照下，离家门不远的树丛中，几簇早红的秋叶，在晚风中优雅地摇曳，而树下并未经意栽种的草丛中，兔尾草的茸毛在逆光中格外生动，几只瘦骨伶仃的蜻蜓，飞舞在草丛之上，而几株金黄的多头菊，隐隐从树后显现，一些蒲公英的种子，悠悠地飘动在空中……我不禁大吃一惊，原来我家门前，便有可观之景！而我竟忽略不赏，非汲汲孜孜地跑到那么远去"凑热闹"，真好笑！我在那家门前的"风景区"中，一个人静静地流连到暮色苍茫，这才款款走向家门。

据说法国雕塑大师罗丹说过，美其实是无处不在的，关键是你要有一双能发现美的眼睛。名胜古迹之美，是早由别人发现，让我们去享受现成的，游览观赏名胜古迹自然是一种重要的人生乐趣，我丝毫没有贬低的意思，纵使要贬低也只能是"蚍蜉撼大树"，但这里我要强调的，是经过我们自己搜寻、发现的美，更能构成我们人生途程中的一种惊喜，而这种美，往往就在我们家门口！我们千万不要忽略了家门口的风景啊！

家门口，也许连一株像样的树都没有，更没有花草，家门口也许确实无丝毫风景可言。

家门里呢？有人说，难道布置得漂亮一点，也就算风景吗？有人说，家内之美，不在家具摆设如何堂皇富丽，更不在值钱物品如何充盈，全在情调和氛围是否高雅脱俗上……我是一大凡人俗人，不敢妄论高雅，且各人口味不同，高雅的标准也各异，再说家门里是地道的私人空间，人家乐意那样，你作为客人见了腹诽为俗，既无意义也无必要。但我认为每个家庭仍都有着似乎相同的风景——那就是入夜以后，家家燃亮电灯，从家门外望过去，那一窗粲然的灯火！

"万家灯火"，常被我们用作描摹城市夜景的词。细想起来，其间有多少人生滋味！我每次外出回家，在走近家门前，总不禁要驻步凝望自己家的那一窗灯火。我与妻在那灯火下也曾争吵、怄气，我们两口子在那灯火下也曾为儿子的舛错着急、吵嚷，我们小小的家庭自有着小小的悲欢、凡庸的歌哭……然而在这茫茫人海，攘攘人世，那一窗灯火之下，究竟有着我的家，有着一个可供我周旋于社会后憩息泊靠的小小港湾。我爱那一窗灯火。

几次去拜望冰心老前辈，她在同我娓娓闲谈中，几次谈到："灾难里，人不寻短见，很重要的，是还有一个家支撑着。"后来读到她女儿吴青的一篇文章，比较详细地讲述到了"十年动乱"之中，她父母受冲击的状况，最严重的人格侮辱，是把从她家抄出来的旗袍、项链一类的物品，摆在一间屋子里开了个展览会，当然是批判"丑恶的资产阶级生活方式"，而每天展览室开放时，都要她母亲胸前挂一个大黑牌，在门口低头接受批判，这自然是令人难以忍受的肉体和灵魂的双重蹂躏，然而他们一家都从那最黑暗的状况中挺下来了，因为每晚他们毕竟仍能聚在一个屋顶下，仍有着一盏属于他们小小私人空间的灯火，在那屋顶下，在那灯火中，他们互相慰藉，相濡以沫，大动乱的狂浪中，他们就凭借"家"这艘没有破碎的小船，终于熬到了风平浪静、噩梦过去是清晨的一天。

所以，珍惜自己的家庭，享受家庭的天伦之乐，在属于自己一家的私人空间中，在同一屋顶下，在白天的同一束日光之中，在夜晚的同一盏或数盏灯火下，相互以慰藉，以激励，以启示，以挚爱，而构成个体生命的支撑力之一，我以为是必要的和重要的。

"家？"

一位年轻的朋友露出一个鄙夷的微笑，坦率地对我说：

"你太保守了！我崇尚爱情，然而，家庭是爱情的坟墓，这是至理名言！我愿永在恋爱之中，而不愿将自己埋葬于家庭！"

我是否保守，可请为我作鉴定的人去反复斟酌考定，兹不讨论。这位年轻人的看法，我很尊重。因为像恋爱、婚姻这类事情，尽管都含有相当的社会性，然而大体而言，属于个体生命的私生活，当可允许在不触犯法律及不违背公德的前提下，各自保持种种独特的看法和做法。我个人的婚姻是稳定的，但我有若干极相好的朋友，相继发生了婚变，我以为我的稳定和他或她的变化，都是我们各自的私事，稳定的不好谥为"保守"，变化的更不能判定为"新潮"或"轻率"，我们互不干涉私生活，所以我们仍是朋友，有的离异的双方原来都是我们的朋友，他们离异后双方已不再来往，却都各自同我们保持来往，我们之间相处得都很好。

"家庭是爱情的坟墓"，相信是不少人的经验之谈，流传至今并有人笃信，也是自然之事。我想这种情况是一直存在的，但不能成为一条公理，否则，当我们望见城市的"万家灯火"时，岂不要毛骨悚然——难道那是万座坟墓在鬼火幢幢吗？

我主张在人生中细品家庭的平凡琐屑之乐，丝毫也不是想否认或抹杀另外的许多人生乐趣。

我就有一位极要好的朋友——不仅是我的朋友，也是我妻的朋友，并且我儿子长大后，他们也蛮有得可聊，所以是我们全家的挚友——他一直独身。以我对他的了解，我可以断言，他的独身，是自愿的，并是幸福的。在这千姿百态的世界和人生中，他所品尝的人生之果，便是独处的乐趣。

因为我自己是早就结婚并一直过着小家庭的生活，所以我不敢盲目描述和抒发像他那样的独身者的独特乐趣。但即使以我们的小小家庭而言，再怎么奢言我们的和谐安乐，也不能掩盖我们各自都是一个独立的个体这一铁的事实，既然我们三人毕竟各是各，我们就不可能没有相互排拒、相互回避的一面，也就不可能没有一种想在某一段时间里默然独处的强烈欲望。

默然独处，也是一种人生享受。

妻公然对我和儿子总结说："这几年里过春节，我最快乐的一天，就是去年初三那天，那天我让你们去姑妈家拜年，自己一个人留在了家中，而且掐断了电铃的导线，紧关房门；我也没躺下睡觉，也没守着电视机，也没翻书看报，也没嗑瓜子吃零食；我就一个人坐在沙发椅上，让阳光射进来，铺满我全身，我把全身关节放松，把心思也放松，就那么优哉游哉地一个人待着……我当然想到了很多很多，但既非国家大事，也非家庭小事，既不怨恨谁，也不想念谁，既不为什么而自豪，也不因什么而惭愧，我想到许多许多美丽有趣的事情，例如上初中时，我们跳'荷花舞'的情景，还有小时候，邻居王姨跟我讲《红楼梦》的那些个语气表情，还有一回买到过又便宜又香甜的红香蕉苹果，以及有一年夏天，在颐和园看到过的一朵白得特别耀眼的荷花……哎呀，真是舒服极了！快乐极了！最后我想，你们都走了，多好呀！一个人也不来，多好呀！一个人这么待一阵，多好呀！"

人之独处，需要有一个"私人空间"。

这类的话我们听得太多了：人不要总是关在屋子里，人一定要经常走出屋门，即便一时去不了田原山川，就在街巷的行道树下散散步，在楼区的绿地中舒展舒展腰肢，也是于身心两利的；倘能进一步领会到大自然的雄奇瑰丽，能自觉地投身于大自然的怀抱，并以一片赤诚之心拥抱大自然，直至达于融会无间的程度，则人生的幸福、心灵的领悟，便都尽含其中了……这类的劝诫不消说都是至理名言，我也持有相同的看法。但是，以我粗浅的人生体验，我却觉得，在目前的中国，又尤其在目前中国的大城市中，许许多多凡人的苦恼，倒还不是风景名胜的不够繁多，公众娱乐场所的缺少，每人所平均享受的绿地数量如何微小，以及在享受大自然方面还如何的不方便……那排在第一位的苦恼，大半以上是对私人空间的渴求悬而未获，如一大家子人，老少几辈仍合住在一处湫隘的房屋中；已婚颇久的夫妇，仍未能得到独立的住房；独身的青年男女，长期只能在两人以上的多人合住的宿舍栖身；虽已有一处住房，但夫妻各自并无独有的空间，兄弟或姐妹仍需合住一室，乃至大儿大女仍需将就一处……这似乎就扯到住房问题上去了，我写过这类题材的小说，如中篇《立体交叉桥》，就细腻展现和深入剖析了住房狭窄所派生出的人性扭曲、心灵碰撞，这里且撇下居住空间和心灵空间的交互作用这一角度，单说说作为个体生命的一种几乎无可避免的"洞穴需求"。人是从动物进化而来的，或更坦率地说，人是从兽进化而来，因而，人性中的兽性问题，就是一颇重要的研究课题，而在这一复杂的问题中，人的心灵中所遗留的兽类生活习惯的积淀，如在自择的封闭空间中能增加安全感，便是很值得抬出来探究的一种心理，我们姑且戏称为"洞穴需求"——亦即一种潜在的对"私人空间"的最低限度的需求。幼童在听了鬼故事或因其他原因产生恐怖感后，常在夜晚用被子严严地蒙住头；孩子在挨了老师训斥或家长的挞伐后，常愿躲进暗暗的角落，乃至柴火堆中、橱柜里面，蜷缩着暂避一时；成人在遭了侮辱或经受刺激后，也常愿一个人单独待在一间紧闭屋门（从里面锁紧）、严遮窗帘（忌讳他人窥探）的屋子里；即或仅仅是因为疲惫，人们也常常发出恳求："请让我一个人待一会儿……"人就是这样常常需要一个哪怕是小小的、简陋的"洞穴"，在现代社会中，便是需要一个六面体——属于个人的"盒子"，即一处可由个人自由支配的房间；现代人到生命结束之后，也仍需要一只"盒子"，实行土葬的用棺材，实行火葬的用骨灰盒，有的民族有的宗教徒不用"盒子"，但所挖的葬尸穴也便是一只无形的"盒子"。当代西方社会，以及一些国民生产总值人均数目颇高的国家和地区，在住房的"大盒子"和死后所需的棺木

"小盒子"之间，还有一种装着轱辘的"中等盒子"是必不可少的——即私人轿车。所以，在谈了许多关于人如何应到大自然中去尽情享受宇宙精华之后，我们也无妨来谈谈人如何应争取到一个私人空间，来合情合理地享受自己的那一份暂与大自然隔离开并且也暂与喧嚣的社会生活隔离开的宁静与快乐。

这就必然要说到隐私。人作为个体，当然有私的一面，而隐私，则几乎无人没有。凡不伤及他人和社会的隐私，他人及社会都务须加以尊重。人除了服务于社会、造福于他人，退到私人空间中时，当可安享处理隐私之乐。即以夫妻之间而言，我以为最和美的夫妻，如司马相如与卓文君，梁鸿与孟光，恐怕也都各自有着自己的隐私，有时就需要避开对方，独处一室中加以处理；在现今欧美等经济比较发达的国家，夫妻除了合用的起居室、卧房等房间外，一般都各自仍有一间自己的"书房"，说是"书房"，其实不一定是用来看书和写作，那即是享受隐私处理权的个人"洞穴"，丈夫进入妻子的或妻子进入丈夫的"洞穴"前，一般都要先敲门，经允许后方可入内。在我国目前的情况下，这样的条件一般都不具备，但虽同居一室，夫妻各有自己的箱笼，以及各有自己的专门抽屉，存放一点"私房钱"，或少男少女时期的纪念品，乃至婚前收到的非现配偶的情书、相片等，应已均非罕事。除了夫唱妇随或妇唱夫随的琴瑟相合之乐而外，夫妻各人独处时，清点一下自己的"私房"，重温一下少时旧梦，咀嚼品味一番只属于自己的人生曲调，当也是重要的人生乐趣之一。

人在社会热闹场中感到满足或疲惫了，便渴望有享受独处之乐的时空。人又不能总是独处，独处之乐达于充盈后，人便又愿投向社会，倘这种愿望遭到冷淡乃至排拒，则又会产生孤独感。

最近读到一位小我十多岁的学者的文章，讲到他当年在东北农村插队时，为寻找一位理想的谈伴，有时不得不步行十几华里，往返于苍莽田原之中，那寻求的艰辛，那交谈的快乐，非笔墨所能形容。

我深有同感。即如去年冬天一个晚上我忽然觉得有满肚子的话语，不便向弱妻憨子倾诉，而满楼邻居中，虽不乏对我充满好意之人，竟也无一可作为那时我心灵交流的理想对象，于是我毅然下楼，冒着凛冽的寒风，骑车奔向几公里外的一座楼中，敲开了一扇门——我欣喜他在家，而他也很欣喜我的突然造访。他家居住条件比我家差许多，一间居室夫妇共用，一间居室老母幼女合住又兼做饭堂客厅，门厅很小，只能放下冰箱和洗衣机，我俩聊天，必妨碍他的家人，但他让家人安歇后，便把我引到厨房中，关上门，一人一只小凳，一人一杯热茶，中间一盘炒葵花子，陪着我畅快地聊了一夜，直聊到窗外由黑转灰，由灰转明……

他是我最好的朋友。

人在孤独感袭来时，所渴求的，往往并不是妻儿老小、情人骚客，排在第一位的，是朋友。

关于朋友，关于友谊或友情，世上有过那么多的描绘与论述，我也一度笃信过若干样板和定论。然而，细想起来，"陌路相逢，肥马轻裘，散之而无憾"，绝非朋友和友情，应属义士和义举；"路见不平，拔刀相助"，则只是侠客与豪行；"有福同享，有难同当"，也很可能只是一个"一荣俱荣，一损俱损"的社会利益集团；解囊相助，相濡以沫，也只不过是困厄中的难友；不断提供新鲜信息和诚挚忠告，又很可能只仿佛师长；即使遭受威胁利诱，乃至严刑拷打，仍绝不出卖吐口，则当称革命同志……以上种种，似都全非或不全合于朋友和友情的界定。

依我的个人体验，朋友是那样一种人，当你感到孤独，而欲倾诉交流时，他或她能够乐于承受你的倾诉和交流，反之亦然；而友情的体现，也并非一定是提供忠告，给予慰藉，更并非一定是给予切实帮助（有的事是实在爱莫能助的），最真切的友情，是当你倾吐出最难为情的处境和最尴尬的心绪时，他或她绝不误解更绝不鄙夷，他或她对你已达成永远的理解与谅解，反之亦然；总起来说，可以不设防而对之一吐为快的人，即是你的朋友。

我想那位当年奔波于东北黑土地上的插队知青，他寻求谈伴的标准，可能比我上述界定的朋友要高，他的前提，是对方一定要有与他等同或超过的智力水平与知识积累，并在相互交谈中，要撞击出思想的火花，生发出创造性思维的快乐。有那样的朋友当然更好。我所说的那位冬夜中与我在厨房中倾谈的朋友，时常也能达到那样的水平。但以我一颗易于满足的心而言，纵使他只是承受我的倾吐，而并未主动迎击上来碰撞出思想的火花，予我以哲理的启迪、以诗情般的慰藉、以彻底解脱的痛快，我也其乐融融了。

那是怎样一个冷寂的冬夜啊，北风在窗外磨盘转动般地呼啸着，居室中又不时传来他老母和妻子的鼾声，我们对坐着交谈，嗑出一地的瓜子皮……

既然落生在世，茫茫人海中，应觅到知音。享受友谊吧，相互不设防地倾诉和倾听，该是多么金贵的人生乐趣！

我爱我的儿子。

儿子从小戴着眼镜，初次到我家做客的人见了总不免要问："近视眼吗？多少度？"

总做出如下的回答："不是近视，是远视，很难矫正哩！"

其实，更准确地说，应是左眼有内斜的毛病，因内斜而远视，由于久经矫正而收效甚微，现在已成弱视。一直说实在矫正不过来就去同仁医院动手术，但那只有美容的意义，左眼可不再略显偏斜，却无法改变弱视，甚至还会导致近盲效应，所以，至今也就还没有去动手术。

儿子的左眼为何内斜？是先天的还是后天的？若说先天的，他两岁以前，我们只觉得他一对黝黑的瞳仁葡萄珠般美丽，从未感到左眼略向内偏；若说后天的，可回忆出两岁多刚会唤人时，被邻居中一位鲁莽的小伙子抱到他家去玩耍，后忽然听得我儿大哭，随即他抱着我儿来我家连连道歉——在他没抱稳的情况下，我儿一下子摔向了他家饭桌，正好磕着了眉骨，且幸没有伤着眼珠，当时心中大为不快，但人家绝非故意，而看去也确乎只是左眉红肿一块，眼珠依然黑白分明，只觉得是"不幸中之万幸"，便敷上一些药膏，渐渐也就平复；但后来又过了不知多久，忽觉我儿左眼球内斜起来！那绝无恶意的邻居莽小伙儿，怕就是导致我儿左眼出现问题的祸首吧？不过后来医院里医生细细检查之后，却又说很难断定是后天摔碰所致，有的先天缺憾，是要到孩子渐大以后，才由隐而显的——于是，后来我就对妻说："你也这样想好了，都是我那精子里潜伏的遗传密码，导致了这一后果。"她颇不以为然，我却从这一自我定性中，获得了很大的心理满足。

我满足于：儿子毕竟是我这一个体生命的延续，我愿我生命中的种种优势遗传给他，我也承认我必有显性或隐性的弱点乃至劣势，延续到了他的个体生命之中，我坦然地承担我对他先天素质的全部责任，同时，我相信就如同我从不怨责我的父母给我遗传着某些弊病似的，我儿将来也不会怨责我没有把他生成得更完美更具有在这人世上的生存竞争优势。

我从没觉得我儿如何超常的可爱、超群的聪明，然而不管怎么样，他是我的——我的亲子，因而我有浓酽的父爱。我常常亲吻和抚摩我的儿子。

十几年以后，我儿长成一个大小伙子了，当年邻居中他的一位同龄人，也长成一个大小伙子了，那小伙子有一天到我家新住处来玩时，对我这样说："刘叔叔，我真羡慕他——"他说着指着我儿，"您从小就总抚摩着他，我小时候可没人抚摩过我，稍大点以后，我渐渐懂事了，看见您把他揽在怀里，轻轻抚摩，心里就痒痒；到后来，再看见这种情形，我就浑身燥热起来……"啊，他所说的，即"皮肤饥渴症"，他生母早逝，生父娶了后妻之后，两人都对他非常不好，尤其是后母又生下个弟弟后，他简直就成了"多余的角色"，从未给予他轻抚柔摩的父爱和母爱，却是令他成人后回忆起来，再加对比时，铭心刻骨地感到哀痛！天下欠缺父母爱抚而患有过"皮肤饥渴症"的人们，同来一哭！

爱自己的子女，特别是做父亲的，也如母亲般地乐于抱着他或她，把他或她拥在怀中，亲吻他或她的脸蛋儿，抚摩他或她裸露的皮肤和头发，挠他或她的胳肢窝而逗他或她欢笑……是非常非常重要的人生责任和人生乐趣啊！从某种意义上来说，使子女温饱，教他们知识，予他们训诫，驱他们读书劳作……都还不足以体现出父母对他们的亲子之爱，轻轻地抚摩他们吧，给他们以温柔的摩挲吧，这应是他们童年乃至少年时代最重要的身心滋补剂，这也应是初为人父人母的你我所能享受到的最大快乐之一！

爱幼子，同爱一切新生的、幼小的生命、事物的心态，是相通的。

即使是狮虎狼豹那样的猛兽，其幼兽只令我们觉得活泼生动，绝不产生恐惧之感。

即使是犀牛河马那样的丑兽，只要一缩小为稚嫩的小兽，乃至缩小为仿制的玩偶，我们也就消除了丑感而生出欣赏之心。

甚至小鳄鱼也有种娇媚之态，刚从破裂的蛋壳里爬出来的小蛇也有种令人怜惜的憨相。

更不用说幼小的孩子，无论黑、白、黄哪种肤色的，也无论他们的眉眼如何，只要显现着一派稚嫩的情态，我们就忍不住心生爱意，想去摸摸他们的头发，拉拉他们的小手，乃至吻吻他们的脸蛋儿……

从地皮中蹿出的一丛春草，竹林中刚刚拱出的带茸毛的新笋，花枝上刚刚鼓起的花蕾，缀着露珠还没有成熟的青涩果子，老松树枝丫上的嫩绿的新松针，池塘中刚出水还不及展开的一片荷叶一朵莲苞……也都具有相同的魅力——让他们成长！让他们开放！让他们渐渐成熟！原谅他们的幼稚纤弱，喜爱他们的勃勃生机，祝福他们的辉煌前程……

不能爱好幼小的生命，起码是一种病态的心理。生命的历程有其两端，我们中华民族传统一贯崇尚尊老，这其中有着值得永远发扬的精华，然而我们的文化传统中确也有过流传甚广的《二十四孝》，有过褒扬"郭巨埋儿"那种古怪做法的文字。生命的两端本来都值得格外重视,爱幼与尊老本应成为相辅相成的旺健民族生命力的驱动轴,然而"郭巨埋儿"那样的故事偏把新生命与老生命人为地对立起来,对立的结果,是肯定了老生命的无比崇高的价值,而主张以鲜活的新生命的彻底牺牲,来成全老生命的有限延缓——早在半个多世纪以前,先贤鲁迅先生提及此"孝行"时,便愤懑地发誓,要用世界上最黑最黑的咒语来诅咒"郭巨埋儿"一类的文化心态,那真是传统文化中地地道道的糟粕!

珍惜幼小的生命,挚爱鲜活的个体,千方百计让该长大的长大,该成熟的成熟,应成为我们中华民族新的美德!

如今侨寓美国的小说家钟阿城在一篇纪念其父钟惦棐的文章中回忆说,他十八岁那年,父亲坐到他对面,郑重地对他说:"阿城,我们从此是朋友了!"我不记得我父亲是从哪一天里哪一句话开始把我当作平辈朋友的,但"成年父子如兄弟"的人生感受,在我也如钟阿城一般浓酽。记得在"文革"最混乱的岁月里,父亲所任教的那所军事院校武斗炽烈,他只好带着母亲弃家逃到我姐姐姐夫家暂住,我那时尚未成家,只是不时地从单位里跑去看望父母,有一天仅只我和父亲独处时,父亲就同我谈起了他朦胧的初恋,那种绵绵倾吐和絮絮交谈,完全是成人式的,如兄弟,更似朋友。几十年前,父亲还是个翩翩少年郎时,上学放学总要从湖畔走过,临湖的一座房屋,有着一扇矮窗,白天,罩在窗外的遮板向上撑起,晚上,遮板放下,密密掩住全窗;经过得多了,便发现白天那扇玻璃不能推移的窗内,有一娟秀的少女,紧抿着嘴唇,默默地朝外张望;父亲自同她对过一次眼后，便总感觉她是在忧郁地朝他投去渴慕的目光，后来父亲每次走过那扇窗前时，便放慢脚步，而窗内的少女，也便几乎把脸贴到玻璃之上，渐渐地，父亲发现，那少女每看到他时，脸上便现出一个淡淡的然而蜜酿般的微笑，有一回，更把一件刺绣出的东西，向父亲得意地展示……后来呢？父亲没有再详细向我讲述，只交代：后来听说那家的那位少女患有"女儿痨"，并且不久后便去世了。那扇临湖的窗呢？据父亲的印象，是永远罩上了木遮板，连白天也不再撑起——我怀疑那是父亲心灵上的一种回避，而非真实，也许，父亲从此便不再从那窗前走过，而改换了别的行路取向……

对父亲朦胧的初恋，我做儿子的怎能加以评说！然而我很感念父亲，在那"文攻武卫"闹得乱麻麻的世道中，觅一个小小的空隙，向我倾吐这隐秘的情愫，以平衡他那受惊后偏斜的灵魂！

也许，就从那天起，我同父亲成了挚友。

如今父亲已仙逝十多年，我自己的儿子也已考入大学，当我同儿子对坐时，我和他都感到我们的关系已进入一个新的阶段——他不再需求我的物理性爱抚，我也不再需求他的童稚气嬉闹，我们开始娓娓谈心……

这是更高层次的人生享受。

生活的乐趣真是无尽无穷，犹如永不重复图案的万花筒。

"八小时以外"的常见乐趣，可以举出多少来哇：读书，写字，作画，摄影，对弈，听音乐，侃大山，跳交谊舞，跳迪斯科，登台演戏，参观展览，远足登山，湖中泛舟，跑步打球，游泳溜冰，蒸养宠物，饲鸟喂鱼，栽花种树，练拳舞剑，自制摆设，自烹美食，自创时装，自我美容，去卡拉OK，泡咖啡厅，收藏不仅可以集邮、集火花、集藏书票，亦可搜聚最冷门的物品，交流不仅可以请客、做客、写长信、"煲电话粥"，也可以暂且密密记下心声待瓜熟时再蒂落献出……消极一些的是堆放自己于沙发中，看电视看录像直至画消带尽，或早早地钻进雪白的被窝，把身体恢复为母亲子宫中的姿势，甜甜地睡上一觉……

一个萧索的秋日，我去离家不远的公园散步，人稀鸟静，灰缎一般的湖水毫无生气，我缓缓地沿湖行进，忽然，我发现前面不远处有位老先生，个子矮小，衣帽素朴，他似乎正弯腰在湖水中涮着一个拖把……再细细看去，他将那"拖把"从湖中提了出来，端头上却并非丛聚的布条布丝，而是捆裹成卵球形的人造海绵——他意欲何为？似颇怪异！又细观察，才发现他是用那东西作笔，蘸水在湖岸边镶砌的水泥护岸上书写着斗大的字，那水泥护岸恰好用浅沟分割为一块块的长方形，犹如一张张铺好的灰纸——我尾随着他，一格格跟踪读去，看见他书写的是古诗："生年不满百，常怀千岁忧。昼短苦夜长，何不秉烛游……"写完这一首，又接着写："青青园中葵，朝露待日晞。阳春布德泽，万物生光辉。常恐秋节至，焜黄华叶衰……"还有："采葵莫伤根，伤根葵不生。结交莫羞贫，羞贫友不成……"忽然又是："两叶能蔽目，双豆能塞聪。理身不知道，将为天地聋……"不知不觉，我已随他走了小半个湖畔，他似并未注意到我的追踪观察，依然悠悠然地俯身蘸水、书写，我回首一望，公园里仿佛除我两人而外，竟杳无人迹，而他写过的诗句，前头的已蒸发得不见踪影，剩下的亦缺笔少画，若非我细心随读，谁也不会知道那些水迹意味着什么……

　　那是一个北京秋日常有的一种雾蒙蒙的非阴非晴的天气，一切景物的色泽似乎都褪得趋向于灰调子，而且缺乏明暗对比，显得平板呆滞，可是那用大水"笔"书写着古诗的老先生，却使我眼中心中充溢着一种明亮的温馨的色彩。那老先生多么会享受生活啊！最高的享受境界，便是这种得大自在的超然与洒脱！

　　我本想过去招呼那老先生，同他交谈，后来我抑制住了自己，我意识到，人在自得其乐时，别人是不能去打扰的，他自己也是不需要同别人分享那快乐的。

　　每当我怨责生活单调无聊，每当我想从事一桩乐事却计较于"没有物质基础"时，我便想起了湖边的这一幕，想起了那位老先生"清风朗月不用一钱买"的巧妙自娱，于是我便忠告自己：生活的乐趣如满山遍野的烂漫野花，只怕你视而不见！享受生活的乐趣不一定非得有多么丰厚的物质基础，只怕你心夯脑笨！

　　扑向生活的山野，采撷芬芳的花朵吧！

　　……那回从宗璞大姐家出来，手握一大捧馨馥的白丁香，与妻同搭公共汽车回家。公共汽车上非常拥挤，我站在售票台一侧，挺直脊柱，抗拒逼我前移的力量，死死地护住那一大捧丁香；妻在我身旁，不时与我对视，亦不时朝白丁香望去，似在提供我支撑住的力量……终于下了公共汽车，步行一段便可到家了，我和妻在苍茫的夜色中，于路灯下细看那一捧白丁香——由于我们的精心护卫，毫无损伤！我们都欣慰而得意地笑了。

我们享受了生活，也护卫住了生活赐予我们的美。

生活如溪水，仍在汩汩地流淌，我们将继续在那也许是平淡无奇、也许忽然跌落翻腾的流程中，相依相偎地品尝生活之美；插入瓷瓶的白丁香怒放几天后，终于凋谢，然而世上仍有丁香树，仍有春风春雨，仍有丁香盛开的花期，仍有丁香般雅洁的友人，仍有如丁香花般芬芳的温馨人情，因而，从这个意义上说，我们将永可享受不会凋谢的人生之乐！

一切都还来得及：刘心武经典散文

出版统筹：新华先锋

出版策划：王　铭　木易雨田

策划编辑：刘　钊

营销统筹：杨文璐

版权运营：刘　洋

封面设计：吴黛君

版式设计：徐　倩

封面绘图：吴黛君

责任印制：李　静

天猫旗舰店

京东旗舰店

当当自营

微信公众号

投稿邮箱：tougao@cooldu.com

新浪微博：@新华先锋（免费精品好书天天送）